青鸟童书
只做对得起时间的书

版权专有　侵权必究

图书在版编目（CIP）数据

这才是孩子爱读的三国演义.曹操崛起/(明)罗贯中原著;梁爱芳编著;燕子青绘.-- 北京:北京理工大学出版社,2024.3

ISBN 978-7-5763-3125-7

Ⅰ.①这… Ⅱ.①罗… ②梁… ③燕… Ⅲ.①《三国演义》—少儿读物 Ⅳ.① I242.4

中国国家版本馆 CIP 数据核字（2023）第 224130 号

责任编辑： 申玉琴		**文案编辑：** 申玉琴	
责任校对： 刘亚男		**责任印制：** 施胜娟	

出版发行 /	北京理工大学出版社有限责任公司
社　　址 /	北京市丰台区四合庄路 6 号
邮　　编 /	100070
电　　话 /	（010）68944451（大众售后服务热线）
	（010）68912824（大众售后服务热线）
网　　址 /	http://www.bitpress.com.cn

版 印 次 /	2024 年 3 月第 1 版第 1 次印刷
印　　刷 /	三河市金元印装有限公司
开　　本 /	880 mm×1230 mm　1/16
印　　张 /	9
字　　数 /	105 千字
定　　价 /	299.00 元（全 8 册）

图书出现印装质量问题，请拨打售后服务热线，负责调换

主要人物

 汉献帝

 袁术

 孙策

 太史慈

 典韦

 车胄

 祢衡

 吉平

 董承

目录

11 刘备荣升徐州牧
—— 曹操的驱虎吞狼计 1

12 吕奉先辕门射戟
—— 一手绝技惊天下 16

13 孙策大战太史慈
—— 打架赢来了一员猛将 28

14 典韦孤身战宛城
—— 生得勇猛,死得憋屈 39

15 曹孟德割发代首
—— 800 个心眼子都在操控人心 52

16 下邳城曹操杀吕布
—— 白门楼，不眠之夜 63

17 许田打围臣欺君
—— 曹操的疯狂试探 80

18 青梅煮酒论英雄
—— 笑谈天下英雄事 91

19 关云长赚城斩车胄
—— 休想算计我兄长 105

20 狂祢衡脱衣击鼓
—— 惹怒曹操没有好下场 118

刘备荣升徐州牧

——曹操的驱虎吞狼计

曹操在定陶大败吕布，平定了山东地区，一时之间声名大噪，不仅被皇帝封为建德将军、费亭侯，还成了朝中重臣们眼中能够力挽狂澜的人。

当时的朝廷，由李傕、郭汜二人把持朝政，他们一个自封为大司马，一个自封为大将军，整日里横行霸道、肆无忌惮，朝中的大臣们虽然不满，却无人敢管。

曹操平定山东之举，让太尉杨彪和大司农朱儁心里燃起了希望，他们向汉献帝举荐曹操，希望借曹操之手铲除奸佞，匡扶社稷。

汉献帝被李、郭二人欺凌已久，早就想除掉他们了，哪还有不同意的。于是，由杨彪在李、郭二人之间使出一计反间计，让他们陷入内斗之中。

原本是想借此下诏让曹操入长安勤王救驾，不承想这内斗居然波及了汉献帝——二人都想抢到天子为自己所用，汉献帝就像一个物件一样被二人争来抢去，苦不堪言，长安城中也再次陷入大乱。

后来，杨奉、董承等大臣趁乱带着汉献帝拼死逃出长安，一路辗转向东行，于兴平三年（公元 196 年）终于到达洛阳。

洛阳城中曾经的宫室都被大火烧毁，皇宫中只剩下倒塌的墙壁和疯长的蒿草。死里逃生的汉献帝和朝臣们就在这荒芜破败的断壁残垣之间举行了朝拜仪式，将年号兴平改为建安，希望从此以后都能安宁太平。

为了挽救汉朝衰败的气运，太尉杨彪建议汉献帝下诏把曹操请到洛阳来当相国，辅佐摇摇欲坠的汉家政权。此时的汉献帝还不知道，他这是在与虎谋皮，会让自己原本就艰辛的帝王生涯雪上加霜。

曹操呢，一听说天子到了洛阳，也聚集了谋士商议对策。荀彧进言说："过去春秋争霸时，晋文公打着周襄王的旗号号令诸侯，诸侯都服从于他。如今将军也有这个机会，不如早日去洛阳见天子，做出侍奉天子的样子，实际上却是把天子牢牢掌握在我们的手里。这样以后谁敢跟我们作对，我们就可以以天子的名义讨伐他。"

荀彧的这个建议就是"奉天子以令不臣"，也可以说是"挟天子以令诸侯"，曹操听了哪还有不明白的，当即喜滋滋地接下诏书去洛阳见汉献帝。

一到洛阳，曹操就开始了大刀阔斧的行动。

他先是"奉天子令"，以"正义的理由"讨伐逆贼李傕、郭汜，将他们打得狼狈西逃；而后上奏汉献帝说洛阳荒废已久，修缮不易，劝汉献帝迁都许昌。此举的意图就是将汉献帝"挟持"到自己的地盘上。

这个时候，汉献帝和朝臣们也看出了曹操的"狼子野心"，但因为畏惧曹操的强大势力，他们也不敢不同意。

天子车驾幸临许昌后，许昌也被称作"许都"。

可怜的汉献帝再次成为傀儡，赏功罚罪全由曹操做主。朝中的政务，都是先禀告给曹操，再象征性地上奏给天子。

曹操自封为大将军、武平侯，将手下的文臣武将全都封了官，从此大权在握，权倾朝野。

朝中的一应大事都办妥后，曹操又惦记起了外面的"敌人"。他听说吕布跑去投靠了刘备，不禁哑然失笑道："吕布这家伙，还真是能屈能伸啊！"

曹操帐下的谋士荀彧忧心地说："主公，这个人留不得，如果他和刘备齐心协力对付我们，将会成为我们的心腹大患！"

大将许褚"腾"地一下站出来，粗声粗气地说："这是什么难事？丞相，你给我五万兵马，我就能把刘备和吕布的人头带回来！"

荀彧故作神秘地一笑，说："许将军，少安毋躁。许都刚刚安定下来，不宜动兵。我有一计，可借刘备的刀杀掉吕布这个无情无义的小人，不用动一兵一卒！"

曹操听了大喜，连忙出声问道："什么计？文若快快说给我听。"

荀彧说："那刘备虽然领了徐州牧一职，却没有获得过正式诏命。丞相可以奏请陛下正式下诏授予刘备徐州牧一职，再写一封让他除掉吕布的信一并送过去。他若想成为名副其实的徐州州牧，就一定会动手。"

曹操听完抚掌大笑："好！好！好！刘备若是成功除掉吕布，就失去了一员猛将辅佐；若是不成功，那吕布也一定会反击刘备，好一招二虎竞食之计。"

曹操便依照荀彧的计划，将正式册封刘备为徐州牧的诏书和让他除掉吕布的信一并派人送去徐州给刘备。

刘备看到这封信时，心头一惊，不由暗想："曹操打得一手好算盘！这是要让我和吕布自相残杀啊！无论死的是哪一个，恐怕都能让曹操乐开了花。"

想到这里，刘备不由得皱眉叹了一口气，说："这个曹孟德，还真是奸诈至极啊！"

张飞大大咧咧地说："哥哥有什么可发愁的！吕布这个小人，早就该死了！杀了他又何妨？"

刘备拒绝说："吕布在落魄时投靠我，我怎么能乘人之危呢？我可不做那种无情无义的人。"

张飞一边撸起袖子一边大步往外走,说:"大哥,不用你动手,我来做!我不怕天下人笑我无情无义,我只怕留着吕布终将会变成祸根!"

刘备连忙一把拉住张飞,有些气急地说:"三弟,你怎么还是这么莽撞?这分明就是曹操的圈套,你要是杀了吕布,我们不就中计了吗?"

关羽也跟着开口说道:"兄长说得对,曹操确实没安好心。可曹操此时已经把徐州牧的诏令送来了,我们就算什么都不做,我担心以吕布的心胸,他也未必会善罢甘休。"

"云长考虑的极是,"刘备叹了一口气,"这事棘手得很,吕布说不定明天就会上门来了。"

果然,第二天一早,吕布打着道贺的幌子大摇大摆地来拜访。刘备自然是大礼相迎,两人刚刚寒暄了几句,就听得一声炸雷般的怒吼响起:"呔!吕布,拿命来!"

吕布脸色一变,一回头就看见张飞提着一把宝剑从内堂中窜出来,气势汹汹地冲向自己。

"张将军，你这是什么意思？"吕布见惯了刀光剑影，倒也没有畏惧之色，只是迅速起身大声质问道。

张飞大叫道："曹操来信骂你是个无义的小人，要我哥哥杀了你。你不死，死的就是我哥哥，今天你就受死吧！"

刘备连忙起身喝止住张飞，一边扶着他的手将剑收回剑鞘一边说："三弟，不要胡闹！你先退下，我和奉先还有话要说！"

关羽见状，连忙拉着不情不愿的张飞离去。而后，刘备握住吕布的胳膊，将他领进内室，把事情的前因后果讲述了一遍，这才把曹操的信递了过去。

吕布看完信后大吃一惊，"腾"地站起来，一把握紧刘备的手腕，哭着辩白说："玄德！曹贼这分明是存心要离间我们的兄弟感情，你可千万不要中计啊！"

刘备连忙扶着吕布坐下，安抚说："奉先别急，如果我信了曹操的鬼话，又怎么会把书信拿给你看呢？"

吕布眼中含泪道："玄德，你要是忌惮曹操，尽管杀掉我好了。我的这条命都在你的手上。"

刘备一脸正色地说："奉先，你说的这是什么话？我发誓绝对不会做这种不义之事，你大可放心。"

吕布听完，郑重地对他再三拜谢。刘备留吕布一起喝酒，直到晚上才将他送出府。

送走吕布之后，刘备的眉头却又紧锁起来。关羽了然地问道："兄长可是忧心曹操接下来的反应？"

刘备叹气说："正是。我没有听曹操的安排，他肯定还有后招，只是不知道悬在头顶的这根大棒什么时候会落下来。"

张飞又大大咧咧地开口道："哥哥今天就不该阻止我，让我杀了吕布就能绝了后患。"

刘备无奈地开口说："杀了吕布也是他曹操获利，还要我们背负'背信弃义'的骂名，我为什么要按照他说的去做呢？"

张飞顿时就有些蔫巴了，嗫嚅着问："那哥哥接下来打算怎么办？"

"先拖着吧。"刘备叹了一口气说。

曹操接到刘备"需要慢慢图谋"的回信后，了然地一笑，用手指弹了弹回信，对荀彧说："这个刘备，为了个虚名和我作对，这是连自己的前程都不要了啊！"

荀彧不以为然地一笑，说："丞相不用烦忧，此计不成，属下还有一计。"

"什么计？"

"驱虎吞狼！"

"哦？"

"既然刘备不愿意和吕布自相残杀，那就让袁术来吧。丞相可派人暗中寻袁术，告诉他您接到了刘备上的密表，要去攻打南郡。袁术知道后肯定会生气，会先下手为强攻打刘备，此时您再借皇帝之名下诏让刘备讨伐袁术，双方必然会打起来。只要他们打起来了，不愁吕布不会生出异心，想从中渔利。"

荀彧饮了口水润润嗓子，继续慢条斯理地说道："我们把机会送到吕布的眼前，不愁他不和刘备反目。他们乱起来，我们的目的就达到了。"

曹操扬眉大笑道："好计，好计！"

几天之后，袁术收到密报，当时就把酒杯摔了，说："卖草席的匹夫，竟然敢挑衅我！不给他点颜色瞧瞧，他真把自己当个人物了！"

一场针对刘备的战争一触即发。

与此同时，刘备也收到了以汉献帝名义发来的诏书，命他起兵讨伐袁术。

谋士糜竺提醒说："这肯定又是曹操的诡计。他这是一计不成，又生一计啊！"

刘备回答说："我又何尝不知道呢？可他'挟天子以令诸侯'，我作为臣子，又怎么能公然违抗朝廷的诏令呢？"

刘备也只能忍气吞声地召集众将士,安排征讨袁术的事宜。

谋士孙乾问道:"主公,您若是出征,谁来把守徐州城?"

关羽主动请缨道:"兄长,我愿意留下来守城。"

刘备摇摇头:"不成。云长,我经常有事需要同你商议,你得跟着我去打袁术。"

张飞上前一步,拍拍胸脯说:"那就我来守城吧!大哥、二哥,你们放心去,徐州城尽管交给我。"

刘备心中的理想人选也是张飞,但他故作犹豫地说:"你不成,三弟,我有点不放心你。"

张飞急了,问:"大哥,你有什么不放心的?"

刘备回答说:"你做事冲动莽撞,不听人劝,还爱喝酒,一喝醉就喜欢鞭挞士卒、惹是生非,你让我怎么能放心把徐州交给你呢?"

张飞被他这么一激,连忙又拍着胸脯保证说:"哥哥,这回你放心,我一定不喝酒、不惹事、听别人的好话!"

糜竺无奈地说:"三将军,只怕你说得容易,却做不到呢。"

张飞生气地怒吼一声,道:"你说什么?难道我是说话不算数的人吗?既然我敢答应哥哥,一定能做到!"

"好。既然你这么说,那我就相信你。"刘备说着,转头看向谋士陈登,接着说,"元龙,你且留下辅佐翼德,记得督促他少喝酒,凡事多提醒着他一些,不要生出什么变故。"

陈登连声答应。刘备将一切安排妥当后,这才带着关羽去迎战袁术的军队。

张飞送走刘备和关羽后,驻守在徐州城,将一切杂事都推给陈登,自己掌管着军机大务。刚开始的几天,他牢牢记着刘备交代的话,不碰酒杯,不责打将士,待人也和颜悦色起来,倒像是变了个人似的。可没过多久,他肚子里的馋虫就蠢蠢欲动:"真想喝酒啊！到底什么时候才能痛痛快快地喝个够呢？"

他每天从早上熬到黄昏，酒瘾越来越大，实在是忍不住，便命人安排了宴席，请城中的将领、官员都来参加。

众人都坐定后，他首先端起酒杯，豪迈地说："我哥哥临走时吩咐我要少喝酒，今天咱们再喝这最后一次，明天就都把酒戒了，好好守城，你们说好不好？"

众人都说好。

张飞便笑吟吟地起身依次与众人对饮，当他走到一个名叫曹豹的人面前时，对方唯唯诺诺道："三将军，我……我不喝酒。"

"嗯？在外打拼的人哪有不喝酒的，你这是不给本将军面子？"张飞十分不悦，硬逼着曹豹喝了一杯，这才放过他。

不知不觉间，几十杯酒下肚，张飞醉眼蒙眬地说："快活呀，喝酒真是快活呀！哥哥是不知道这种滋味，才不许我喝酒！还说我喝酒误事，也不知道是哪个小人在我哥哥面前说我的坏话！"

说着，又用野牛角做的大酒杯连喝了几十杯，而后醉醺醺地起身，举着酒杯给众人敬酒。走到曹豹身边时，曹豹再次婉拒，这可一下子就惹恼了张飞。

只听"啪"的一声，张飞把酒杯摔到地上，借着酒劲儿发怒说："你刚刚都喝了，这次为何又不能喝？你敢不听本将军的话？来人，把这个违抗我命令的老匹夫给我押下去，罚一百鞭！"

曹豹吓得跪倒在地，不住地求饶。陈登也连忙上前劝阻说："三将军，您还记得主公临走时交代的话吗？"

张飞怒不可遏，根本听不进去陈登的劝告，直接驳回说："你管好文官的事就行了，别来管我。"

曹豹见连陈登也劝不住，又畏惧挨打，只得再次求饶说："三将军，看在我家女婿的面子上，饶了我这次吧！"

"你女婿？是什么人？"张飞一愣。

曹豹连忙说道："正是吕布。主公待他极好，求将军看在他的面子上饶过我这一回吧！"

张飞听他这么说，更生气了："原来是吕布这个狗贼！你要不说是吕布，我还能饶你一回；你抬出吕布来唬我，我是非打你不可了！我打不了吕布，还打不了你吗？"

说罢，一把推倒曹豹，从身边兵士的腰间夺过一根马鞭，亲自抽打曹豹。

众将士苦苦相劝，也未能阻止。张飞一鞭一鞭狠狠地抽打，直打得曹豹呼天抢地，鼻涕眼泪流了一脸。直到张飞打累了，这才饶了曹豹。

曹豹回去后，身上疼痛难忍，心里也深深恨上了张飞。他连夜给吕布写了一封信，派人快马送到小沛。

在信中，他将刘备已经离开徐州，张飞今夜聚众饮酒，又趁醉殴打自己的事都说了一遍，而后还说："他张飞不顾你的面子非要打我，这不就是在当众打将军你的脸吗？如今徐州兵力空虚，张飞又醉得不省人事，正是领兵来突袭徐州的好机会，将军万万不可错失今天这个机会啊！"

吕布看了信，不由得怒目圆睁："这个张翼德，从来不把我放在眼里，可恶！可恨！"

陈宫沉思片刻后，才说："将军神勇无敌，怎么能一直屈居在刘备之下？不如就如曹豹所言，趁刘备不在，夺了徐州。"

吕布听他这么说，爽朗一笑，说："我一直以为先生是和刘备一样的仁义心肠，没想到你……也够狠的。不过，正合我意。"

陈宫微微闭上了眼睛，心里好像被尖刀戳了一下似的疼，他不由自主地又想到了曹操，想到了和曹操分道扬镳的那个瞬间。

吕布可不管陈宫心里怎样的思想挣扎,他当下就点齐了兵马,安排陈宫和高顺率领大军殿后,自己则领着五百骑兵率先出发,一阵风似的就冲到了徐州城下。

吕布赶到徐州城下时,刚好四更时分,月色澄清,他在曹豹的帮助下,顺利地进了徐州城。

此时此刻，醉醺醺的张飞尚在梦中，手下急忙将他摇醒，告诉他吕布已经骗开了城门，正在往这里赶来。张飞还想拿起丈八蛇矛去迎战，可无奈前一晚上酒喝得实在太多了，站都站不稳，哪里还能力战？

手下扶着他准备先逃出城去，刚出府门就与吕布的军马迎面遇上。

吕布今天本就是奔着徐州城来的，他也早已见识过张飞的勇猛，不敢对他逼得太狠，张飞就这样被手下的十八骑燕将拼死护着逃出了城。

夜深风凉，张飞的一腔醉意全都被吹醒，他后悔不迭地说："哎呀呀！我还有什么面目去见二位哥哥？"说着，举起宝剑就要向脖颈处抹去，手下慌忙拦住。

"张翼德，你的死期到了！"忽然，一声怒吼从后方传来。

原来，吕布知晓张飞的勇武，没有来追，可曹豹却咽不下心中的那口恶气，自己悄悄带兵追杀张飞来了。

"我张飞虽然败了，也不是你这狗贼能随便欺辱的！"

只见张飞扔掉宝剑，摘下丈八蛇矛，拍马迎面攻击曹豹。只消三个回合，张飞就把曹豹送上了西天。他朝着曹豹的尸体吐出一口唾沫，愤愤地骂道："狗贼，该死！"

骂完，战意上头的张飞也不寻死了，在城外将逃出来的士兵召集齐了，而后带着他们一起去淮南方向寻刘备。

就这样，吕布趁乱夺了徐州城。

趣味链接：《三国演义》中的名为什么多是单字

同学们在阅读时，有没有发现一个有趣的现象：曹操、刘备、关羽、张飞、吕布……《三国演义》中人物的名大多为单字的，几乎没有两个字的，这是为什么呢？

说来话长，这事的始作俑者是西汉末年的王莽。

在王莽之前，中国的老百姓取名的字数是不受官方限制的，王莽篡夺西汉政权后，进行了一系列改革，其中一项就是对取名字数的限制。

王莽是一个疯狂的复古爱好者，想要恢复古时候的一些制度。他喜欢《春秋公羊传》中"二名非礼也"的说法，认为圣贤在说"两个字的名是不合礼法的"，就发布政令，不许老百姓取两个字的名。这种政令甚至还影响了匈奴单于的取名。《汉书·王莽传》中就记载了这样一件趣事：北方少数民族政权匈奴归顺汉朝后，王莽还要求其首领单于也将名改成单字。这样的要求简直令人啼笑皆非。

但是，因为王莽的严令，"二名非礼"的观念深入人心，后来虽然王莽的政权被推翻了，但这个取名传统保留了下来，一直延续到了三国时期，所以《三国演义》中的人物名基本上都是"姓氏＋单字"的格式，这也是那个时代的社会人文特色之一。

吕奉先辕门射戟

——一手绝技惊天下

话说,丢了徐州城的张飞狼狈地跑到刘备大营,将曹豹与吕布里应外合,夜袭徐州的事详细地告知刘备,众人听了都大惊失色。

刘备却叹了一口气,安慰他说:"罢了罢了,徐州得来本就是意外之喜,如今失去了也没什么好忧愁的。"

关羽问张飞:"两位嫂嫂在哪里,可还安全?"

张飞羞愧地说:"都陷在城中了,吕布专门派人看守着,我救不出来。"

听他这么说,刘备一时之间沉默无言,关羽气得直跺脚,埋怨了他几句:"叫我说你什么好呢!你当初吵着要守城时怎么说的?如今徐州城失守了,嫂嫂也没救出来!唉……"

关羽的几句责备,让张飞羞愧得无地自容。他一时之间想不开,又要拔剑自刎,幸而被刘备拦住,劝解了半天才平静下来。

袁术得知吕布趁乱夺取了徐州的消息,大喜过望,说:"只要吕布与我结盟,形成前后夹击之势,刘备就算插翅也难飞!"

于是,他马上派人给吕布送去了大量金银珠宝和马匹粮草,并许诺说只要打败刘备，还有更多的好处等着他。这话自然说到了吕布的心坎上，他立刻派大将高顺带领五万兵马，从背后袭击刘备。

刘备听到风吹草动后，不顾阴雨天气，安排人马撤离。等到高顺大军赶来时，刘备早就不见了人影。

虽然没有打到刘备，但高顺还是惦记上了袁术许诺的好处。一见到袁术的大将纪灵，他张嘴就问："你家主公许给我家将军的好处在哪里？"

纪灵心头一阵厌恶，脸上却不动声色，笑着安抚说："着什么急呢？我家主公既然许诺了，断然不会失信的。你且先回去，等我见了我家主公再说。"

高顺回去后就将事情添油加醋地禀告给了吕布，吕布还在迟疑时，袁术的书信也到了，说是等捉到了刘备再兑现许诺之物也不迟。

吕布不由得骂道："这个该死的袁术，是不是在耍我？"

高顺插嘴道："那个纪灵也不是什么好东西！"

吕布正要起兵讨伐失信的袁术，陈宫连忙劝阻说："将军不可。袁术占据寿春，兵多粮广，我们对上他胜算不大。"

吕布生气地问他："那你说，现如今我们应该怎么办？"

陈宫回答说："将军不如请刘备回来吧，与刘备合作对抗袁术，毕竟他的人品远胜过袁术百倍。"

吕布顿时拉下脸来，质问说："陈宫，你什么意思？我好不容易打下徐州……"

陈宫不等吕布说完，急忙辩解说："将军，我的意思是让刘备回来在小沛驻军，和我们形成呼应。我们与袁术对上时，正好可以让刘备做先锋，挡在我们前面。如果刘备顺利灭了袁术，那就让他继续去攻打袁绍，到那时，整个天下，将军不是唾手可得吗？"

吕布听了哈哈大笑，说："好计谋！好计谋！"说完便依计派人给刘备送信，邀请他回小沛驻军。

徐州的大本营已失，与袁术的对战中也损失了不少兵马，眼下刘备再也无心和袁家军对阵。收到吕布的来信，刘备当即决定撤回小沛，背靠着吕布这棵大树休养生息。

关羽和张飞连忙劝阻说："吕布是个无信无义的小人，大哥不能相信他！"

刘备却叹了一口气，说："他既然好意相邀，我们又何必怀疑他呢？再说了，这也是我们目前最好的，也是唯一的选择了。"

刘备等人到徐州，吕布自然是卖力地表演了一场兄弟情深的戏码：先是送还了刘备的家眷，又情真意切地说自己是担心张飞喝酒误事，这才代为防守，接着又虚情假意地要把徐州让给刘备。

刘备谢过吕布保护了自己的家眷，而后竭力推辞掉徐州，回到小沛驻扎。至此，刘备和吕布维持了表面上的友好。

这一幕让关、张二人看得牙痒痒，关羽恨不得用眼神把吕布砍成肉泥，张飞则在心里把吕布的祖宗十八代都骂了一百遍。

刘备也只能反过来安慰他们说："天命如此，眼下我们也只能委屈自己，安分守己地待在小沛，静待时机。"

没过多久，袁术又派纪灵围攻小沛，想要置刘备于死地。为了防止吕布帮助刘备，袁术提前秘密派人给吕布送去了二十万斛粮食，要与他交好。吕布喜滋滋地接受了。

等到袁术大军兵临小沛城下时，刘备看看自己仅剩的五千多人，无奈只得写信向徐州的吕布求助。

吕布接到刘备的书信十分为难，问陈宫："袁术之前派人来送粮时，特意交代让我不要助刘备。如今刘备来求助，也要和我联合。我到底该怎么办才好呢？"

陈宫上前一步，问："将军如何想的呢？"

吕布思索了一会儿后，说："刘备屯兵小沛，于我而言是好事，我私心里并不想让他被袁术灭了。"

陈宫这才开口说:"将军思虑的极是,这袁术有吞并天下之心,我听说他还得到了传国玉玺……如果你协助他除掉刘备,那他的下一个目标必定是你……"

吕布听了心里一惊,陈宫说得没错,卸磨杀驴这种事儿,袁术可没少干。

"先生的意思是,救刘备?"吕布迟疑地问。

"对!"陈宫斩钉截铁般回答,"刘备不会在将军的背后捅刀子,但袁术……他不光会在背后捅刀子,还要笑话我们愚蠢呢。"

"那就救刘备。"吕布一拍桌案说。

打定主意后,吕布立刻发兵小沛,在距离小沛县城西南角仅一里的地方安营扎寨。

袁术一方领军的大将纪灵得到消息后,鼻子都快要气歪了:"吕布这个人也太不讲究了,收了我的礼,胳膊肘却依旧朝着刘备拐。天底下怎么会有这样无耻的人!"

于是,纪灵给吕布写了一封信,大骂吕布言而无信。

陈宫看了来信后,眉头紧锁,他担心事态再这么发展下去,自己这一方要把两边都得罪干净了。

但吕布却不以为然地笑着说:"这事好办,我一顿酒就能解决了,保准叫袁、刘两家都不怨我。"

吕布分别给纪灵和刘备下了请帖,请他们到自己的营寨中喝酒。

刘备收到吕布的请帖,立马就要动身,关、张二人连忙劝阻。

张飞恨恨地说:"吕布这家伙一定没安好心,哥哥,你不能去!"

刘备笑着拍拍张飞的肩膀:"三弟,你多虑了。我从没有做过什么对不起吕布的事,他有什么理由害我呢?"

张飞埋怨道:"哥哥你何止没有对不起他呀,简直对他好过头了,地盘都送给他了!"

关羽低声说:"还不是你喝酒误事?"

张飞脸一红，连连跺脚，说不出话来。

刘备叫停二人的争辩，说："好了，这件事以后别提了。我意已决，出发吧。"

他换好衣服，只带了关羽、张飞和几名随从，骑马来到吕布的营寨。

吕布笑脸相迎，将刘备请到帐中，说了一车的客套话，末了还说："玄德公，我这次为了救你，可是连袁术的面子都给驳了。他日你若是飞黄腾达了，可千万不能忘了我今日的情义啊！"

刘备笑着连连道谢。

吕布请刘备落座后，关羽和张飞两人默默站到了刘备的身后。刘备望着对面空荡荡的座席微微不解，还没来得及开口询问，就听见外面有人高声禀报："纪灵将军到！"

"纪灵怎么来了？"刘备大惊失色，关羽和张飞不约而同地开始戒备。

"玄德公，莫慌！我今日特意邀请你二人会面商议，化干戈为玉帛。"吕布笑着安抚道。

刘备不知道吕布葫芦里卖的什么药，但现在走也来不及了，只得按下心中的不安坐在席上。

另一边的纪灵刚一进门，看见刘备端坐在帐中，下意识地转身就想走，却被早有预料的吕布一个箭步上前扯住了，拽孩童似的将他强行拽到座位上，劝说道："纪将军，你先坐下，你们都坐下，今天我做东，咱们坐下来一起喝喝酒！"

纪灵如坐针毡，强压着满胸的怒火，从鼻子里冷哼一声，说："将军，你这是要设局杀了我吗？大可不必如此。"

吕布笑道："纪将军，你多心了！"

纪灵喜上眉梢，问："那你是要杀了那大耳贼吗？"

吕布无视刘备陡然变色的面容和关、张二人仿佛要吃人的目光，继续笑着说："也不是。我说了，我今天就是请你们二位来喝酒的。"

纪灵脸色一变，不耐烦地问："这酒有什么可喝的？"

刘备见状连忙给吕布台阶下，他笑着端起酒杯，说："既然是奉先的美意，那我就不客气了。"说罢，把酒杯中的酒一饮而尽。

纪灵也不想失了体面，只好跟着端起酒杯喝了。

就这样，酒过三巡后，吕布才慢悠悠地开口道："袁将军之前赠我粮草，我心中不胜感激。可玄德是我兄弟，如今被将军所困，我也不能不管。现在这种情况着实叫我为难。我这人平生不好争斗，不如就由我做个和事佬，借今天这场酒宴，帮你们和解吧。"

纪灵目露不屑地说："我家主公要我来杀刘备，又岂是你一句话就能算了的？"

刘备还没搭腔，张飞早已按捺不住，只听"呛啷"一声，他将宝剑抽出，剑尖直指纪灵眉心，厉声道："想伤害我哥哥？先问问我的宝剑答不答应！"

纪灵也斜着眼睛瞥了张飞一眼，嘴里不饶人地说道："逞什么匹夫之勇？我有十万大军，须臾就能将你的小沛踏为平地。"

张飞更怒了，刚想开口斥骂，就被关羽拉住，低声对他说："三弟，冷静！且看看吕将军怎么说，如若谈不拢再厮杀也不迟。"

纪灵则直接怒吼道："没什么可谈的。"只一句话，张飞的"火药桶"又炸了。

吕布也怒了，从座位上跳起来，命令左右说："去把我的戟取来！"

待左右将方天画戟抬上来后，吕布一把将方天画戟擎在手中，目光如炬，环视帐内一圈。刘备和纪灵都被吕布的样子吓得心中一惊：吕布这是要做什么？不打算装和事佬了？

吕布则是强压住心头的怒火，开口说道："诸位都不要争吵了，还是先听听我这个和解的办法吧。我们将一切都交给上天来决定！"

说完，吕布就命人抬着他的方天画戟，插到辕门外的空地上。而后，他领着众人来到帐外，用手指着远处的方天画戟高声说："如果我从此处一箭射中方天画戟的小枝，就是老天爷命令你们两家停战；如果我箭术不精，射不中，那你们只管厮杀去，就算你们把天戳破个窟窿，我都不再管。如何？"

刘备和纪灵不约而同地向辕门望去，足足有一百步开外了，吕布觉察出二人的疑惑，马上补充说："从中军大帐到辕门是一百五十步！"

纪灵心里暗暗地想："这个吕布真能吹牛，这么远的距离，我偏不信他能射中。不如就给他个面子，赌这一把。"这么想着，他毫不迟疑地说："我同意！"

"玄德公呢？"吕布转向刘备。

刘备也微微点头表示同意。

吕布朗声道："你们都同意，那就按照我的提议让老天爷来决断。不过，既然都同意了，那结果就必须遵守。谁要是不遵守，就是我吕布的死敌，我就和另一家兵合一处，打他一个落花流水！"

吕布说话之时，双手叉着腰，虎背熊腰，宛若天神下凡，那通身的气派，让看到的人都不由得心头一凛。刘备和纪灵都答应说："这是自然。"

吕布招呼一旁的士兵端过来一大碗酒，豪迈地灌入喉中，顺手就将酒碗摔碎在地上，而后高声道："取我的弓箭来！"

一旁观看的刘备低声说："但愿他能射中才好啊！"

关羽的一双凤目朝辕门外扫去，轻声说："大哥放心，他定能射中。"

只见吕布伸手固定好袍袖，将战袍往身后一撩，伸手接过弓箭，双膀使出千斤之力，将弓拉成满月状。而后，他虎目一睁一闭，瞄准画戟上的小枝，大喝一声："走！"

那离弦的羽箭如流星一般飞向方天画戟，只听"当"的一声脆响，正中画戟的小枝。

在场的众人都被这声响震得心魂激荡，良久才有人回过神来。

"好！好箭法！温侯真乃神射手也！"

帐里帐外的人这才反应过来,跟着齐声喝彩、恭维:"这一手射箭之术,就算是后羿在世也比不上啊。"

吕布得意地仰天大笑,将弓掷到地上,一只手携住刘备,另一只手扯过纪灵,一起往大帐中走去。

"这就是天意啊!是老天爷叫你们不要开战,都罢兵吧!"

进入大帐后,他下令让士兵斟满三大杯酒,递给刘备一杯,又递给纪灵一杯,自己端起剩下的一杯高高举起说:"你们就当给我吕布一个面子,饮完这一杯,各自归家去!如何?"

刘备心里欢喜,脸上却不动声色,端起酒杯来一饮而尽。

纪灵却迟疑了。他看了吕布刚才的那番炫技,哪里还敢反对他?可就这么无功而返……他犹疑地开口道:"这……我回去怎么跟我家主公交代呀?"

吕布哈哈大笑,说:"小事一桩,我亲自写封信和袁公说明一下。"

纪灵这才喝了酒,带着信离开了。

刘备也要起身告辞,吕布得意扬扬地说:"玄德公,还得是我出面吧,要不是我,你这次可就危险了!"

张飞一听他这么说,又想与他争辩,被关羽使劲一扯袖子拦住了。刘备则是朝着吕布深深一揖,郑重地说:"多谢温侯救命之恩,此等大恩我来日必将报答!"

吕布再次仰天大笑。

什么是辕门

在本回中，吕布秀了一手"辕门射戟"的绝技，令众人叹服。那么，同学们知道什么是辕门吗？

辕门就是古时候军营的大门或官署的外门。

原来，在古时候，军队到了某个地方安营扎寨时，会把运送军械、物资的小车围绕在营寨外，作为抵御敌人进攻的一道屏障。

在正对着中军大帐的地方，需要留出来一道军营众人进出的门，这道门通常是将两辆车仰起，车辕相向摆放形成的，所以人们就叫它"辕门"。久而久之，辕门就成了军营大门或官署外门的代称。

吕布的中军大帐距离辕门有一百五十步，而古代能射中一百步以外杨柳树叶就是神射手，这样一比较，你就知道吕布的箭术有多厉害了吧！

孙策大战太史慈

——打架赢来了一员猛将

花开两朵，各表一枝。

且说孙坚死时，他的大儿子孙策才17岁，还没有成年，只得退居江南，礼贤下士。后来因为舅舅丹阳太守吴景与徐州州牧陶谦不和，孙策干脆将母亲、家眷都迁居到曲阿，自己去投靠了袁术。

俗话说："老子英雄儿好汉。"孙策用自己作论据，让当时的人们对这句话深信不疑。在袁术帐下时，孙策打仗不要命，攻城略地，屡立战功，搏出了一个"小霸王"的名声。袁术曾不止一次感慨说："要是我的儿子也能像孙策这样，我死而无憾！"

然而，孙策很快发现，袁术这个老油条，虽然口头上对他称赞有加，实际上并不真诚，总给他派任务，但许诺给他的高官厚禄都随风飘散在空中，一点着落都没有。

难道就这样虚度光阴吗？孙策愁得整宿整宿睡不着觉。

这时，有人给他出了一个主意：用传国玉玺做抵押，向袁术借兵，回江东去闯出自己的一番天地。

孙策当然不会忘记，当年他的父亲孙坚就是因为这块金镶玉的龙纹宝贝连命都搭上了。从听到父亲死讯的那一刻起，他就决定：这一生的唯一使命，就是实现父亲的遗

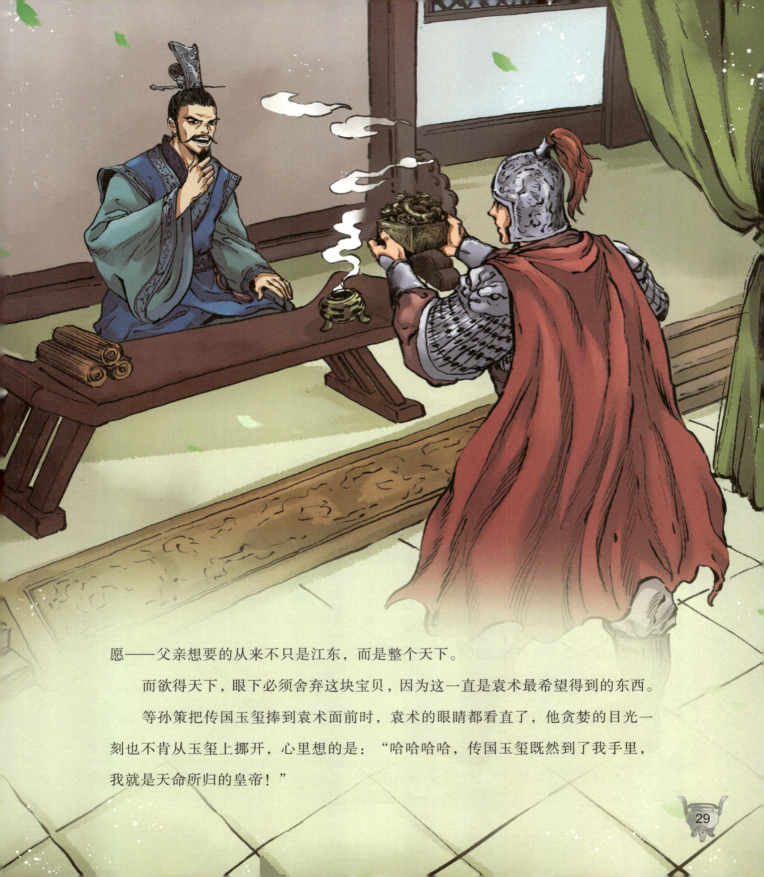

愿——父亲想要的从来不只是江东，而是整个天下。

而欲得天下，眼下必须舍弃这块宝贝，因为这一直是袁术最希望得到的东西。

等孙策把传国玉玺捧到袁术面前时，袁术的眼睛都看直了，他贪婪的目光一刻也不肯从玉玺上挪开，心里想的是："哈哈哈哈，传国玉玺既然到了我手里，我就是天命所归的皇帝！"

听孙策要借兵，袁术哪还有不答应的，当即点了三千将士、五百马匹交到孙策手上。

孙策虽然暂时失去了一块"美玉"，但很快就得到了另一块"美玉"——周瑜。这个风度翩翩少年英才从此成为孙策的最强辅助，将他推上了江东霸主的宝座。

孙策江东霸业的第一站，就是向扬州州牧刘繇开战。刘繇也是汉室宗亲，他原本应该驻扎在寿春，但是袁术看他不顺眼，将他赶到了曲阿。前面我们有提到过，孙策将自己的母亲、家眷迁居到曲阿，刘繇就像是一把刀，悬在孙策的头上，这让他如何能忍？

当刘繇听到孙策带兵奔着曲阿来的消息时，紧急召开了会议，商量由谁来领兵阻击孙策。

这几年，孙策的战功大家都有目共睹，"小霸王"之名赫赫，刘繇知道他的强大，所以对此战的领军人选异常重视。

主将的人选还没定呢，太史慈先站出来毛遂自荐，要担任先锋。

这个太史慈，就是在北海之困中，单枪匹马杀出重围去向刘备求助的猛将。后北海之困解除后，他就来探望同郡的刘繇，被刘繇留在了帐下效力。

刘繇虽然留下了他，却有眼无珠，从未真正重用过他。此时听见他请战，刘繇毫不犹豫地拒绝了："你太年轻，缺少经验，不是孙策的对手。"

太史慈心里很不高兴，对孙策也记恨上了：他孙策不过是徒有"小霸王"的虚名，有机会我一定要和他斗上一斗。

机会很快就来了。但不是刘繇给的，而是孙策给的。

孙策先是光速打败了刘繇派出来的大将张英，而后收服降兵，进军神亭岭。

刘繇亲自领兵前来迎敌。双方在神亭岭一南一北各自安营扎寨，形成对峙之势。

大概是之前赢得太轻松，让孙策有些飘了，他在听说距离刘繇扎营处不远有座汉光武帝庙时，执意要去祭拜汉光武帝。

祭拜完了还不算，他还仗着艺高人胆大，要趁此机会翻过山岭去，悄悄探查一下刘繇的大营。毕竟，来都来了。

众部将阻拦不住，让他带着十二骑一起去。万万没想到，孙策的身影一出现在山岭上，就被刘繇埋伏在附近的暗哨发现了。

刘繇大营得到消息后直接"炸开了锅"，他们不敢相信孙策如此胆大，一致认为这是孙策的诱敌之计。

只有太史慈大喊了一声："现在不捉孙策，还要等到什么时候？"

说完，也不等刘繇开口，他就提枪上马，一个箭步冲出了军营。众人还来不及反应，就听见风送来太史慈的问话："谁和我同去捉孙策？"

众人不好意思承认自己胆怯，只好借讽刺太史慈掩饰自己的尴尬："这个太史慈，想立功怕是想疯了，送人头送得这么积极，太不知死活了！"

"我来助你！"

太史慈回头看去，是一个自己叫不上姓名的小将跟在自己身后，拍马同行。

他微微一笑，称赞道："兄弟好胆气！"

两人脸上全无惧色，风驰电掣般地冲上神亭岭。神亭岭上的孙策还不知情，探查半晌后，正准备打道回府，忽然就听见岭上传来一声暴吼："孙策站住！"

孙策一回头，就看见两匹马从神亭岭上飞奔下来。孙策与自己带来的十二骑一起一字排开，等着他们来到近前。

太史慈横枪立马，问道："哪个是孙策？出来受死。"

话音刚落，太史慈就看到一骑高头大马缓步上前，马上的年轻将领手握着一杆霸王枪，洒脱地笑着回答说："我就是孙策。你是谁？我孙策枪下不死无名之鬼。"

太史慈也报上自己的大名："我乃东莱太史慈，特来取你性命。孙策，你的死期到了！"

听他这么说，孙策不由得哈哈大笑，也狂妄地说："你们两个大可以一起来，我若皱一皱眉头，就不叫孙策！"

说完，挺枪拍马冲上前去，对准太史慈的胸口便是一刺。太史慈叫了一声"好"，举起自己的枪护住胸口，和孙策战在一处。

两人交战了五十多个回合，不分胜负。

太史慈心中不免暗暗一惊："这孙策有点东西，一杆长枪舞得虎虎生风，护得周身滴水不漏，一点机会都不给我。"

他使出浑身解数，想找出孙策的破绽，不知不觉间，出了一身汗。

孙策这边也不轻松，原本以为太史慈就是个莽夫，没想到这家伙这么能打，招招都朝着自己的要害上招呼，要不是自己足够小心，指定要吃瘪。

太史慈见这么僵持下去也不是个办法，干脆使了一个败招，而后假装打不过，拨转马头就朝着山后跑，引得孙策来追。

孙策边追边大叫："打不过就跑，算什么好汉？"

见孙策就这么追了出去，他的手下都吓出了一身冷汗，一齐大叫："将军别追，小心有诈！"

孙策艺高人胆大，根本不听劝，一口气追着太史慈跑了小半天。太史慈为了甩开后面跟着的十二骑，绕来绕去，不走寻常路。

孙策和他打得势均力敌，不肯轻易罢休，一直追到平地里。两人一边对打，一边对骂。

这个叫："好你个太史慈，你还有什么花招，通通使出来吧，我可不怕你！"

那个嚷："孙策匹夫，你别得意，我有的是法子对付你！"

"你卑鄙！"

"你无耻！"

…………

跟着太史慈一起来的小将以及孙策手下的将士们都看傻眼了,这两人打架棋逢对手,骂人的功力也是将遇良才啊!

转眼又过去了五十个回合,两人渐渐地都没了力气。

孙策冷不丁一枪刺过去,被太史慈用胳肢窝夹住了枪杆;与此同时,太史慈的枪也被孙策夹在了腋下。两人一起用力拖拽,互相撕扯着从马上滚到地上,干脆都弃了枪,赤手空拳对打起来。

他们薅头发的薅头发,扯衣服的扯衣服,那场面与泼皮无赖打架无异。不一会儿的工夫,两人身上的战袍都已经被撕扯得粉碎,头发也散了,连靴子都打飞了。直看得众人是又担心又好笑,他们经历过无数次战斗,可从来没见过这种杂乱无章的打法。

混战中,孙策一把揪住了太史慈背后的短戟,而太史慈也一把扯下了孙策的头盔,两人都是性情中人,看着对方的窘态,忍不住大笑起来。

"哈哈哈!"这笑声如响雷裂帛,震得林中的鸟儿呼啦啦飞起了一大片。

笑声未绝,就看见刘繇带着上千援兵来救太史慈。十二骑连忙冲上前去阻拦,十二对一千,孙策一方自然是落了下风。还好有周瑜,他见孙策久久未归,不放心,便领兵来寻找,双方这才势均力敌。

一直打到将近黄昏,天空突然下起暴雨,眼见着再打也占不到便宜,双方都利索地收军回营了。临撤退前,太史慈不忘拎走孙策的头盔,而孙策也带走了太史慈的短戟。

第二天一大早,孙策就带着人马来刘繇军营前骂阵,还用长枪高高挑着太史慈的短戟,命军士边擂鼓边大叫:"都快来看啊,太史慈连武器都丢了!昨天要不是他逃得快,就被我家主公刺死了!"

太史慈气得眼前发黑,也命人用长枪挑着孙策的头盔,在阵前回骂:"狗贼孙策的头盔在此,要不是这小子跑得快,现在挂在这儿的就是他的脑袋!"

双方又是一阵唇枪舌剑,各自阵营的士兵还在不停地呐喊叫好,好不热闹。

气氛烘托到位了，接着上武斗，程普主动请缨，要去会一会太史慈。两人打得正不可开交时，太史慈忽然听见了自己那边传来鸣金收兵的号令。

原来是刘繇刚刚收到了一个坏消息：周瑜领兵偷袭了曲阿，把他的大本营抢走了！刘繇再也无心对阵，下令鸣金收兵，准备回去支援。

孙策探听到这个消息以后，心里乐开了花，趁着刘繇这边乱作一团时，带着自己的军队连夜去劫营，将刘繇的队伍杀得丢盔弃甲。太史慈抵挡不住，只得带着十几个人逃去了泾县。

刘繇也幸运地捡回了一条命，之后联合笮融一起夺取牛渚不成，再次败在孙策手中，只得朝豫章方向逃跑去投靠刘表。

太史慈听说后，在泾县召集了两千多兵马，要给刘繇报仇雪恨。

正好孙策也想收拾太史慈，带兵来了泾县，他吩咐道："这个太史慈我要活的！"

周瑜笑着说："我有一妙计，可以智取。"周瑜附在孙策耳边悄悄说了几句话，孙策听完，脸上不由得露出了笑容。

一个月黑风高的晚上，在泾县城中休整的太史慈睡得正香，突然就听到士兵来报，说城中有三座城门莫名其妙起了火。

不用说，这就是周瑜所说的妙计，他让孙策手下的士兵趁夜爬上泾县城头放火，而且是只从三面放火，留下东门一道口子。

太史慈听到禀报后大惊失色，想要召集人马迎战，可他临时召集来的那些士兵都是山野村夫，根本不懂军中纪律，一听说城中起火，竟然四散奔逃，早没了踪影，气得太史慈捶胸顿足，连声哀叹："哎呀呀！这是老天爷要亡我啊！"

事到如今，只能暂且逃走。太史慈骑马在城中巡视了一圈，发现只有东门的火势比较小，立刻拍马奔去。

还没出城，就听见孙策从背后追来，一边追一边命令将士们齐声高喊："太史慈，快投降，你跑不了了！"

太史慈心中暗暗叫苦，慌不择路地逃跑，出了城门还被追着跑了三十里。跑着跑着，后面的人不追了，太史慈不敢掉以轻心，一口气又跑了五十里，人困马乏，刚想停下来歇一歇，忽然就听见四面八方都是呼喝之声，他都来不及反应，战马一个趔趄就被绊倒在地。摔向地面的一瞬间，太史慈心中暗道："不好！是绊马索！"

眼看已经在劫难逃，他干脆一言不发地任由人将他五花大绑着推进孙策的中军帐。

太史慈原以为是"仇人相见，分外眼红"，不承想孙策见到他的一瞬间，立刻站起身来，亲手给他松开了绑绳，还将自己的锦袍解下来披在太史慈的身上。

太史慈眼中掠过一抹悲凉，说："我既然败了，要杀要剐随便你！何必来这一套？"

孙策一笑，诚恳地说："子义，你是个真丈夫，之所以战败全怪刘繇有眼无珠。这种蠢人根本不值得你效忠！若我能得你为将，定不让你的一身能耐落空。"

太史慈猛地睁开了眼睛，问："你不杀我？"

孙策笑着摇摇头，说："我们一起闯一番事业，也不枉来人世一遭。你觉得如何？"

这番话听得让人热血沸腾，让太史慈眼中迸出激动的火花，他立刻跪地，郑重向孙策行礼道："你的心胸令我佩服！我愿意追随你鞍前马后！"

孙策连忙扶起太史慈，说："好好好，得此良将，我心甚慰！"

太史慈到孙策麾下做的第一件事，就是提出由自己去收拢刘繇的残部。其他人都觉得太史慈会趁机逃跑，只有孙策相信太史慈会遵守信义。

果然，他很快就带着残部回来了。因为这件事，孙策博得了一个"知人善任"的好名声，前来投奔他的人络绎不绝，手下很快就聚集了数万之众。

而后，孙策带领军队奔赴江东，仅用了两年的时间，就在江东站稳了脚跟。

因为军纪严明、不犯百姓，江东的百姓对他的到来都十分欣悦，不仅好酒好肉地招待他，还亲切地称呼他为"孙郎"。

趣味链接

有古人之风的义士——太史慈

本回出场的将领太史慈，与孙策酣战几百个回合不落下风，是一位骁勇善战的猛将。

他从小好学，长大后在郡县担任奏曹史。当时郡守和州官不和，州官上奏朝廷弹劾郡守，太史慈受郡守之托，想办法拖延住州官的奏章，让郡守的奏章先行抵达朝廷，州官的诬告行为才没能得逞。

北海相孔融听说这件事后，对太史慈的为人很是赞赏，就派人去照顾太史慈留在家乡的老母亲。后来，孔融被贼寇围困，太史慈的母亲叫他前往报恩。太史慈单枪匹马冲入重围见孔融，后又为他搬来救兵，解了北海之围。

因为这些重诺重义的往事，在归附孙策后，孙策才笃定地相信太史慈会遵守信义，不会趁机逃跑。

真实历史上的太史慈，也享有很高的评价。陈寿评价说："太史慈信义笃烈，有古人之风。"洪迈在《容斋续笔》中说："三国当汉、魏之际，英雄虎争，一时豪杰志义之士，礌礌落落（磊磊落落），皆非后人所能冀，然太史慈者尤为可称。"

典韦孤身战宛城

——生得勇猛，死得憋屈

吕布的辕门射戟，劝退了纪灵，解了刘备的困境，却惹恼了袁术。

袁术将吕布的书信一把摔在地上，怒骂道："好你个吕布，收了我那么多粮米，却为了偏袒刘备，做出如此儿戏之事糊弄我。还看在他的面子上？他真是好大一张脸呢！"

越骂越生气，袁术脱口而出道："待我亲自率领大军去讨伐刘备，顺便再收拾了吕布，看他还敢不敢嚣张！"

纪灵因为办砸了差事正低着头挨骂呢，听到这里哪还敢装鹌鹑，赶紧开口劝阻说："主公万万不可啊！那吕布本就勇武过人，如今又和刘备首尾相连，更不好对付了，主公不可轻敌啊！"

袁术没好气地问他："那你说怎么办？"

纪灵思索了一会儿说："我听说吕布和正妻严氏有一个女儿，刚过及笄之年，主公膝下刚好也有一个年龄相仿的儿子，不如主公派人去向吕布提亲。如果两家联姻，结成儿女亲家，那吕布一定会帮着您对付刘备，这就叫'疏不间亲'。"

袁术虽然不乐意，可他也知道，吕布有嚣张的资本，尽管自己看不惯他，但一时之间也干不掉他，只能对他采取怀柔政策。于是，他采用了纪灵的计策，给吕布去信，说要结为儿女亲家，共同对付刘备。

吕布原本还在刘备和袁术之间犹豫不决，不承想在这个节骨眼儿上，张飞带人抢走了吕布特意从别处采购的一百五十匹好马，吕布一怒之下直接与刘备决裂。

他亲自带兵马攻打小沛，刘备敌不过，只得匆忙弃小沛而走。

离开了小沛，刘备还能去哪里呢？有人提议说去许都投奔曹操，曹操一直痛恨吕布，或许可以从他那里借兵攻破吕布。

刘备一行人赶到许都城外安营扎寨，派孙乾一人进城求见曹操，表达了刘备的投奔之意。曹操素来有爱才之心，对刘备一直抱有别样的感情，当即邀请刘备入城相见。第二天，刘备将关羽、张飞等一干武将都留在城外驻守，自己只带了孙乾和糜竺两位谋士进城去见曹操。

曹操一见到刘备就热情地拉住他的手，兄弟长兄弟短地说了很多肺腑之言，末了还承诺说要和刘备合力诛灭吕布。

这一系列行云流水般的操作，让曹操手下的谋士都看傻了眼。荀彧皱着眉头进言道："主公这是在养虎为患，早晚会为虎所伤。不如趁早杀了刘备，以绝后患。"

曹操并不搭话，又召见了谋士郭嘉，询问他的意见。郭嘉则是一脸坚定地说："主公不可杀刘备。您图谋大业，就是仰仗信义为您招揽俊杰。如今有英雄之名的刘备前来投奔，若是就这么死了，今后谁还敢来和您一起定天下呢？"

曹操一脸欣慰地说："奉孝与我所见略同。我愿全天下的英雄都能弃暗投明，小小刘备，不值得为了除掉他伤了天下英雄之心。我还要叫天下人看看，我曹孟德是如何善待英雄的。"

第二天，曹操就亲自上表，为刘备请封豫州牧，还送了他一大波军士和粮草。郭嘉对曹操的做法毫不吝啬溢美之词，狠狠地夸了一波曹操，称他是尧舜那样的千古明主，

曹操颇为自得地笑了，丝毫不理会程昱等人的反对意见。

接下来，刘备带着曹操赠送的这些人马兴高采烈地去打吕布了。曹操正打算起兵，与刘备联合除掉吕布时，忽然就收到军报，说有个叫张绣的，接手了自己叔父张济的势力，在宛城大张旗鼓地屯兵，准备进犯许都，劫持皇帝。

曹操冷笑道："这是什么世道？随便什么人都想夺天下！我要是不给他们一点颜色瞧瞧，还真以为我曹孟德是好惹的。"

荀彧提醒说："主公，您若是去打张绣，吕布这家伙恐怕会在背后耍诈，趁机来偷袭许都。"

曹操一怔，这事儿吕布绝对干得出来，是得早做打算。

荀彧见状，继续进言说："想要解决这事其实也简单，吕布就是一头饿犬，只要给他一点吃的，让他吃得津津有味，保管他顾不上许都。"

曹操大喜，连忙给吕布写了一封信，又许以官位，又赠送厚礼，条件就是让他与刘备和解。吕布果然见识短浅，见有利可图，高高兴兴地在徐州躺平了。

而曹操在麻痹吕布之余，紧锣密鼓地准备出征讨伐张绣。他召集了十五万人马，兵分三路，以夏侯惇为先锋，浩浩荡荡地向着宛城进发。

十五万人马！在宛城的张绣听到这个数字以后，整个人都不好了。曹操势力庞大，这事他心里有数，但他万万没想到，曹操在这么短的时间内，随随便便一召集，就有十五万之众！

事情已经到了这个地步，张绣也不想认输，他原本准备逞匹夫之勇，和曹操拼个鱼死网破，但他手下有个叫贾诩的谋士对他说："主公，不要意气用事。曹操实力雄厚，咱们以卵击石，能有什么好下场呢？"

张绣还以为他有什么好办法，一脸欣喜地问："依先生看，此事应该怎么解决？"

"投降。"贾诩脸不红心不跳地说出这两个字。

张绣气得差点掀翻了桌案。说好了起兵造反，仗还没开始打就投降，这是什么意思？千里迢迢给曹操送战功啊？

贾诩见张绣的脸上风云变幻，又强自压抑下去，早就看穿了他的心事。他掷地有声地说："大丈夫暂时屈居人下，为的是有朝一日一飞冲天。我想这点胸襟将军还是有的。"

张绣被这话惊醒了，不错，留得青山在，不怕没柴烧。他思虑半晌后，最终同意了贾诩的建议——由贾诩代表自己去投降。

第二天一早，贾诩就来到曹营求见曹操。外界都传说曹操是个"乱世奸雄"，贾诩本来内心极为忐忑，可一见曹操的面，贾诩就发现他还挺和气。每当自己开口说话的时候，曹操的眼眸中总会流露出肯定、赞许的目光，这让贾诩十分恍惚，他心里暗暗思忖："这曹孟德，莫不是看上我了吧？"

贾诩并非自作多情，曹操见他孤身入敌营还能应对如流，确实生出了招揽之意。谈完正事以后，曹操笑眯眯地问："贾先生，我看你有经天纬地之才，以后跟着我混，怎么样？"

贾诩心里怦怦直打鼓，委婉地推辞说："多谢丞相厚爱，只是我实在没有颜面这么做。过去我曾错误地依附于董卓老贼，后来又侍奉在李傕左右，被天下人唾弃；如今我跟在张绣身边……他对我言听计从，我不忍心违背信义离开他。"

曹操也不勉强，笑着对他说："假如先生以后改变了心意，我曹孟德随时欢迎你。"

贾诩再三谢过曹操后告辞离开。第二天，他带着张绣一起来面见曹操，正式将宛城献了出去。

曹操率领一部分人马进入宛城驻扎，大军还驻扎在城外。一连好多天，曹操的心都像是在天上飞，做梦都要笑醒了。他征战多年，很少有哪一座城池得来像宛城这样容易，不费一刀一枪，没伤一兵一卒，就把宛城收入囊中。

见曹操这么得意，张绣也乐意捧着他，每天都要宴请他喝酒，好话一筐接一筐。

这一天，曹操再次喝得酩酊大醉，嚷嚷着要人服侍。侄子曹安民给他送来一名美貌的女子。这名女子的真实身份其实是张绣的婶婶邹氏，她的丈夫张济不久前才死在战场上。

邹氏并没有隐瞒，直截了当地向曹操说明了自己的身份，可惜曹操早被美酒和美色冲昏了头脑，丝毫想不起来要去顾虑张绣的感受，悄悄带着这个美艳动人的女子一起回到城外的营寨中，做了一对临时夫妻。

世上没有不透风的墙，这件事很快被张绣知晓，这次他终于忍不下去了，大骂道："曹贼欺人太甚！他有将我张绣放在眼里吗？"

贾诩沉默无声，他也实在说不出劝张绣当作无事发生，继续忍耐的话来。

张绣把一双铁拳握得"嘎吱"作响，追问贾诩应该怎么办。

贾诩思索良久，说："此事不宜声张，明天咱们先去城外的曹操大营打探一下虚实。你先装作不知道这件事，见到曹操后……"

第二天，曹操坐在大帐中议事，就有士兵来报，说张绣带着贾诩在帐外求见。要说这曹操的心理素质真是不错，做了这种伤天害理的事，面对张绣时还能保持波澜不惊，像往常一样。

张绣却好像是被沙子迷了眼，一看见曹操就气得眼眶胀痛，频频走神。

这时，他忽然听见曹操问他来做什么，张绣按照贾诩教的话，一字一句地说："最近总有一些新降的士兵逃跑，我想请求您同意我将营帐移动到您的近处，借助您的威慑力镇压一下他们。"

曹操见他说的是这样的小事，二话不说就同意了。

张绣微微上前一步，还想要再说些什么，忽然感觉到一阵寒意。他抬起头，就看见曹操身后的武将正因为自己的动作，用冰冷、警惕的目光死死地盯着自己。张绣感觉自己像是被猛兽盯住了一样，一瞬间就汗湿了衣衫。

这人正是典韦，濮阳之战后，他就被曹操安排在身边近身护卫，时刻不离曹操的左右。就连曹操晚上睡觉时，典韦也要手持双戟站在帐外。

张绣征战多年，自然知道典韦的厉害，他试探性地后撤一步，典韦的目光瞬间就收回了一分。

从曹营回来后，张绣叹气说："看来，有典韦在，想接近曹操不是一件容易的事。"

贾诩想了想说："那就趁典韦不在的时候动手。"

"先生是不是有主意了？"

贾诩微微一笑，说："典韦虽然生得勇猛，我们帐下也有一员力大无穷的猛将，他或许可以和典韦势均力敌。"

"你说的是胡车儿？"

贾诩点点头，将胡车儿唤进帐中来。

这胡车儿也是个能人异士，能举起五百斤的重物，能一天行走七百里，眼下听说了张绣的难事，当即献计道："主公莫愁，那典韦之所以可怕，是因为他有一对铁戟。主公明天可以找个理由请典韦和其他人一起来帐中喝酒，等他醉了，我就乔装打扮一下，跟着他混入曹营，将他的双戟偷走，等他没了趁手的兵器，看他还如何嚣张！"

张绣不由得拍拍胡车儿的肩膀，称赞道："妙啊！这件事就交给将军了。"

胡车儿咧嘴一笑，爽快答应道："主公放心。"

第二天夜里，张绣依计行事，果然把典韦骗了过来，一边给他戴高帽，一边殷勤劝酒。纵然典韦是个粗汉，也知道"伸手不打笑脸人"的道理，没过多久就喝得酩酊大醉。

而胡车儿就如之前计划的那样，混在随行人员里，轻轻松松混进了曹操的大营，偷走了典韦的双戟。

这时的曹操正在帐中与邹氏喝酒，忽然就听见外面传来人言马叫的声响。曹操派人去查看，回来禀报说是张绣在查营，曹操也就没当一回事。

快到二更时分，突然听见帐外有人大喊，说草车上突然起火了。曹操呵斥了惊慌的士兵，命令他们抓紧时间灭火，不要惊动太多人，这时的他还是没将帐外发生的事放在心上，继续喝酒。很快，火愈烧愈烈，他这才察觉出了危险的信号，高声呼喊："不对！典韦在哪里？"

典韦的酒还没醒，正躺在营帐中睡大觉呢，根本听不见曹操的呼喊。不过，也许是和曹操心有灵犀，也许是本能使然，睡梦中的典韦并不踏实，突然就被一阵喊杀声惊醒。他一个翻身跳起，立刻寻找自己的双戟，却发现双戟消失了。

"哎呀！贼张绣害我！"典韦连盔甲都来不及穿，就火速冲出营帐查看，发现敌兵已经打到辕门了。他当即抽出一个士兵的腰刀，疯了一样冲过去迎敌，一边与敌军作战，一边高声呼喊："此地有我，你们速去保护丞相！"

辕门外张绣的军马，争先恐后地往营寨里挤。典韦也毫不示弱，奋勇杀敌，不一会儿就砍死了二十多人，这辕门还真让他守住了。

很快，张绣就带人来到辕门外，见此处只有典韦一人把守，忍不住讥笑道："典韦，我看你有几条命！"

典韦并不搭话，埋头杀敌，一瞬间就又放倒了二十几个。

张绣眉头一皱，伸手示意步卒退后，让后排的长枪手上前进攻。

俗话说："一寸短，一寸险；一寸长，一寸强。"纵然典韦的武艺高强，可他手中腰刀的杀伤半径不及长枪，根本无法抵挡从多个方向刺来的枪与矛。可怜他刚从睡梦中醒来就冲出作战，根本来不及披上铠甲，只能以身体承受着数不清的刀尖与枪头。

汩汩鲜血，瞬间染湿了典韦的衣裳。

典韦却不肯停下，刀不能用了，就弃了刀，双手提起两个军士继续迎敌，一边死战，一边发出如受伤野兽一般的嚎叫："来呀，都来呀！让我看看你们的厉害！"

这声音如惊雷霹雳，吓得张绣的手下都不敢靠近。

张绣见状，又是一摆手，下令让外围的弓箭手瞄准典韦放箭。

"嗖！嗖！嗖！"

流矢如天女散花般飞来，典韦甚至没有做躲闪的动作，死死据守着辕门，任凭自己身中数箭，鲜血流了一地。

营寨的前门在典韦的死守下还未被突破，但绕到其他地方突袭的张绣士兵早已攻入营寨。

胡车儿一马当先，举起长枪向典韦的后心猛地一刺。这胡车儿双臂有五百斤的好力气，再加上快马猛冲的劲头，典韦哪里能抵挡得住？他魁伟高大的身躯如同山崩似的颓然倒下，嘴里犹自念道："丞相，快走！"

张绣见典韦已死，下令全军进攻，他许诺道："谁要是能提来曹操的脑袋，我赏千两黄金！"

将士们跃跃欲试，可看着躺在血泊中的典韦，无一人敢从前门进入。

而此时，曹操早已在将士们的护送下，从营寨后门逃之夭夭了。

张绣策马疾追，大叫道："曹贼跑不远，一定就在前面，快给我追！"

在重赏的诱惑下，将士们如洪水决堤一般涌过去，很快就发现了曹操一行人的踪影。

跟在队伍最后方的曹安民，很快就被敌军乱刀砍死。曹操回身去看，被这一幕吓得魂飞魄散，连马缰绳都要握不住了。混乱之中，曹操右臂中了一箭，身下的坐骑绝影也中了三箭。幸亏绝影是大宛良马，熬得住痛，脚程也快，很快就驮着曹操逃到淯水河边。

曹操刚刚驱使绝影过了河，就有一支羽箭突然破空而来，正中绝影的眼睛，绝影带着曹操一起摔倒在地。

"啊！"曹操痛呼出声，不由得悲从中来，"我命休矣！"

正在这时，一个人影快速冲了过来，一只手使劲一扶，将曹操搀扶起来，另一只手递过来缰绳，急切地说："父亲，快！您骑我的马先走！"

曹操定睛一看，是他的长子曹昂。他还来不及拒绝，曹昂就强行把他推上了马，而后使劲一挥马鞭，那马儿吃痛，甩开四蹄狂奔，带着曹操逃脱了。

曹操不回头也知道，他的长子曹昂怕是凶多吉少了，两行泪水从他的脸上无声地淌下。

趣味链接：「古之恶来」是什么梗

在《三国演义》中，勇猛的典韦有一个绰号，叫"古之恶来"，这个绰号还是典韦刚到曹操麾下时，曹操给取的。

那时，曹操军营中的大旗被风吹得摇摇晃晃，快要倒了，数十名将士去扶都扶不住。典韦只一人，一只手扶着旗杆立在风中，典韦和旗杆都岿然不动。曹操当即欣喜地惊呼出声："此古之恶来也！"

恶来是谁呢？曹操为什么要用这个人来形容典韦呢？这就说来话长了，恶来是商朝时期纣王的臣子，和父亲蜚廉一起为纣王效力。

恶来是个以勇力而闻名的大力士，在我国古代的许多典籍中都详细记载了恶来的惊人神力，有的说他可以擒熊缚虎，有的说他可以手撕咒虎……总之力气大得不得了。

恶来的风评一直不好，是个不折不扣的奸佞，纣王残害忠良的诸事中总少不了他的身影。但从另一方面来说，他对纣王也算是忠心耿耿，纣王倒行逆施，引发众怒时，恶来也始终不离不弃。最终周武王伐纣时，恶来战死，纣王自焚。

曹操把典韦称作"古之恶来"，除了欣赏他的勇武，想必也期待他能像恶来效忠纣王一样效忠自己吧！

曹孟德割发代首

——800个心眼子都在操控人心

都说曹操是"乱世奸雄",他的奸首先体现在操控人心上。

曹操从宛城之战逃脱后,很快便收集残部,重整旗鼓。在平虏校尉于禁的帮助下,曹操总算击退了张绣。

战败的张绣领着残兵投奔刘表去了,曹操这才有空清扫战场,祭奠阵亡的将士。

宛城这一战,让曹操损失惨重,长子曹昂、侄子曹安民和大将典韦等人都被张绣所杀。但祭奠仪式上,他不哭他最宠爱的长子曹昂、最亲近的侄子曹安民,单单号哭典韦,哭到泣不成声,哽咽着对周围的将士们说:"失去长子、爱侄时的感受,也不及失去典韦更让我悲恸欲绝。"

祭奠完之后,曹操还将典韦的儿子典满封为中郎,收养在府中。这一做法令众将士十分感动,恨不得对他肝脑涂地。

曹操的操控人心还体现在坑对手上,领教过的人都叫苦不迭,甚至赔上了性命。

这一点袁术最有发言权。

话还得从袁术得到传国玉玺说起,他的野心急剧膨胀,想着袁家四世三公,也该坐坐皇帝的宝座了!于是,他自封为天子,在寿春称帝。

称帝之后，袁术派使者去催促吕布，赶紧把女儿送到寿春来，嫁给自己的儿子，言语之间不乏轻视之意。吕布这时候已经得了曹操送来的一大堆好处，一听使者转达的袁术高高在上的语气，立马毫不犹豫地毁掉了与袁术之间的儿女婚约，与他划清界限。不仅如此，他还将袁术的使者韩胤送到了曹操那里。

曹操心里乐开花，送上门的机会，不用白不用，当即下令将使者韩胤处死，激化袁术和吕布之间的矛盾。

袁术恼羞成怒，直接发兵二十万，分七路攻打徐州，要给吕布一点颜色瞧瞧。

事实证明，袁术既低估了吕布，又高估了自己，他僭越称帝，早就犯了众怒。吕布一边上表许都朝廷，一边给豫州的刘备写信，大家一起围剿反贼袁术。

袁术的七路大军都不是吕布等人的对手，双方激战数日后，袁术损兵折将，败逃回淮南。

这时候的袁术还没有死心，心里想的只是："想不到我袁术这么不走运！接下来到哪里去借点兵，再图大业呢？"

他首先想到了孙策，自己当初可是借给他不少兵马，现在该是讨回来的时候了。

谁知孙策收到袁术的信后断然拒绝，还回信大骂了袁术一顿："你个无信无义的小人，当初说好替我保管传国玉玺，如今却赖着不肯归还。你僭越称帝，背叛汉室，大逆不道！我不讨伐你就算了，怎么还会借兵帮你谋逆？你想都不要想！"

其实，信使走后，孙策就有些后悔了，骂人一时爽，招来祸患悔断肠。他赶紧点兵守住江口，防备恼羞成怒的袁术派兵来攻打。

没过几天，许都那边曹操的使者来了，任命孙策为会稽太守，起兵征讨袁术。给点甜头，再拿人当枪使，不得不说，这一手曹操玩得很溜。

孙策有点动心，于是与手下众人商议。

谋士张昭跟他分析说："袁术虽然败了，但他兵多粮足，重整旗鼓不是什么难事，主公不可轻敌。"

孙策也开始发愁："可眼下不打也不行啊。"

张昭继续说："不如您给曹操写封信，劝他南征，咱们作为后应，到时候两军夹击，袁术必败。"

孙策一听，有道理啊，于是派人给曹操送去了一封信，信中一边疯狂抱曹操的大粗腿，一边拱火："丞相大人啊，袁术称帝，这不是在打您的脸吗？我都看不过去了！要是您起兵讨伐袁术，我愿为您的马前卒，咱们一起讨伐他！"

曹操接到孙策的信，又听手下来报说袁术现在缺粮缺得紧，在陈留一带四处劫掠，犯了众怒，当下也开始疯狂心动。袁术一直是曹操的心头大患，现在他倒了霉，不"趁他病，要他命"，还等什么时候？

于是，曹操亲自率领十七万大军南征，还联合了孙策、刘备和吕布，一起向袁术发难。

袁术自然无法抵挡，再加上军中严重缺粮，只好听从谋士的建议，将大军留在寿春御敌，自己带着近卫仓皇逃过淮河，避难去了。

其实，袁术此举轻率了，主将一逃，士气大跌，影响自然不必言说。而曹操千里奔驰而来，十七万大军每天都要消耗很多粮食，再加上诸郡都遭受了水旱灾害，缺粮情况甚至比袁术更严重。

眼下，寿春众人紧闭城门不出，曹操军营里的粮食很快就要被吃完了。将士们饿得眼珠子都绿了，曹操只得写信向孙策借粮，一来试试孙策的实力，二来试试孙策的诚意。

孙策二话不说，借给曹操十万斛粮食。

但这也只能解燃眉之急，不能解决根本问题，负责分发粮食的粮官王垕就来求见曹操，愁眉不展地禀告道："丞相大人，这粮食根本不够分啊！"

曹操眼珠子一转，拍拍王垕的肩膀，说："你把分粮食的大斛换成小斛，七两充一斤，先救一时之急？"

王垕惊得目瞪口呆："这……这能行吗？"

其实王垕心里想的却是："这不是自欺欺人吗？七两粮食变不成一斤，将士们早晚会发现的。"

曹操看出了他心中所想，笑着说："这是权宜之计。粮食补给就在路上，你坚持熬过这几天就好了。"

王垕挠挠后脑勺，问："万一士兵抱怨怎么办？"

曹操胸有成竹地说："你放心，我自有对策。"

王垕下去后就按照曹操说的方法分配将士们的口粮，果然没过多久就听到将士们抱怨声不绝，都在说丞相骗人，在粮食上动手脚，吃都吃不饱，还怎么打仗？！

王垕听得后背都是汗，可他不知道，更可怕的事情还在后头等着他呢。

对于将士们的抱怨，曹操心知肚明，他等了几天，等到将士们的怨声再也压不住时，悄悄地将王垕召来大帐。

王垕一见到曹操就磕头谢罪，说："丞相大人，都是小人办事不力，导致风言风语满天飞。"

曹操一笑，说："这事不难解决，只是我需要向你借一样东西。你可不要吝啬啊。"

王垕急忙追问："什么东西？只要能平息怨言，小人什么都舍得。"

曹操指了指他，说："你的项上人头。"

"啊！"王垕吓得面色惨白，跌坐在地，失声大叫，"丞相大人，此事小人罪不至死啊！"

曹操态度依旧温和，说："我自然知道，可是只要你死了，就能平息军中的这场风波。你若是不肯，任由事态继续下去，必然会发生军变，到时候第一个死的也是你。"

王垕哑口无言，只是默默垂泪。曹操见没有说动他，顿了一顿，又说："你放心，等你死后，你的家人我会好好照顾，让他们衣食无忧，你不必担忧。"

王垕听了这话心里一悸，目光哀怜地望向曹操。他知道，曹操这不是在商量，而是赤裸裸的威胁，他不同意也得同意了。想到这里，他跪坐起身，郑重地对曹操行了一个大礼，说："小人谢过丞相大人，小人全凭丞相处置。"

曹操欣慰地点了点头，忽而神色大变，厉声高呼帐外的刀斧手："来人呀！把这个胆大妄为、盗窃军粮的家伙给我推出去砍了！"

王垕还想再说些什么，却已经来不及了。很快，他的脑袋被挂在旗杆上示众，旁边还贴着一张告示，白纸黑字地写着他的罪状：以小斛充大斛，贪污盗窃军粮，按军法处置。

军营的众人看到后，心里对曹操的怨气都消散了，转而开始骂王垕："原来是这个家伙贪污，险些错怪了好人！我们丞相公正得很呢！"

曹操在大帐内挑灯读书，听到密探来报，说军中的流言已经平息，他的眼皮子都没有抬一下，一切尽在预料之中。

但他心里也清楚，斩了王垕，也只能平息将士们的怨气，解决不了缺粮的根本问题，所以，第二天一大早，曹操就传令各营将领："如果三日内不能合力破城，全部斩首！"

不仅如此，曹操还亲自到城下监督军士搬运土石，填塞护城河，筹备攻城事宜。寿春城上的落石、箭矢像雨一样落下，可曹操亲自坐镇后方，亲手斩杀了两名试图后退的裨将，一时之间，大家只能奋勇向前。

曹操到后来还亲自下马掘土填坑，曹军军威大振，寿春城上的守军抵挡不住，很快就被曹军攻进了城。

进入寿春城后，曹操下令将俘获的将领都斩首示众，还将袁术"做帝王梦"违规建造的宫殿和所有犯禁的东西一把火全烧了。

就在曹操纠结要不要继续追击袁术时，军报又到，说张绣集结军队再次来犯，曹洪抵挡不住，特来告急。

曹操只得先放过袁术，立刻班师回许都，筹备征讨张绣之事。

很快，天子升殿，会集文武百官，发出讨伐檄文，而后乘坐銮驾亲自送曹操出征。

当时正值夏四月，北方大地上麦子成熟的季节，但沿途的百姓因为听说军队要来，全都躲了起来，不敢收割麦子。

曹操吃够了缺粮的苦头，看见这些麦子比亲人都亲，他马上派人到各个村子里去通知："我奉天子诏令，出兵讨伐逆贼，这是为民除害，大家不要害怕。如今正是麦子成熟的季节，大家不要耽误了农时。我已经下令三军，所有人不得践踏麦田，违令者斩首。"

这话说到了老百姓的心坎儿上，他们无不欢欣称赞，跪在大军经过的路边叩谢："丞相大人真是爱民如子啊！""要不是丞相军令如山，我们的麦子可就保不住了！"

曹操一时之间非常得意。

这一天，曹操骑着马走在队伍的前面，看着官道旁一望无际的麦田轻轻翻滚着金色的麦浪，忍不住笑叹出声："又是一个丰收年啊！"

随行的将士们还没来得及附和，就看见一只斑鸠忽然从麦田中飞出，伴随着一声嘶哑的啼叫，将曹操的坐骑惊得人立而起。

众人傻眼间，那马儿已经扬起前蹄乱跑，冲入麦田中上下踢腾，踩坏了一大片麦子。曹操使劲勒着马辔头，夹紧马腹，才没有摔下来，又费了好半天工夫，才将受惊的马制伏。

曹操用袖子抹抹额头的汗，回身一看，周围数十丈内的麦子，都因被踩踏而伏在地上。

"唉！想不到竟是我最先违反了军令。"曹操叹口气，喊来军中负责掌管文书的主簿，"我的马践踏了麦田，你依照军令拟定我的罪过吧！"

主簿连忙跪在地上，说："马匹受惊，并不是丞相您的过错！再说了，我怎么敢妄议丞相您的罪呢？"

曹操一脸正色说："军令如山，我自己定的法令，如果连我也违反，又怎么能令大家心服口服呢？"

说着话，曹操环视了周围一圈，发现大军都停了下来，远远望着自己，他的心一横，从腰中抽出佩剑，横在颈边，说："你们不敢动手，就让我自裁谢罪吧！"

四周的将士大惊失色，纷纷阻拦："主公不可，您万万不能这么做！"

曹操以手指着其中一个人，大声呵斥道："你们几个敢误我！这是要害我做言而无信的人啊？"

正在争论之时，谋士郭嘉从后面挤了过来，劝道："主公三思，请听我一言！《春秋》大义中说了，法令不加在尊者身上，所以您无须被法令束缚。更何况，您若自裁了，谁来指挥千军万马呢？谁去征讨张绣那逆贼呢？大汉的天下岂不是要岌岌可危了？"

郭嘉的话声音不大，却久久激荡在空气中，将士们被他的话语煽动，纷纷高呼出声："丞相三思啊！我们离不开丞相，大汉也离不开丞相啊。"

曹操目光中透着欣慰，缓缓看了郭嘉一眼，而后郑重地说："既然典籍《春秋》中都这么说了，那我姑且就免了一死吧。"

停顿了一下后，他扯散自己的发冠，抓过一绺头发，在大家的惊呼中一剑割断，说："今我不能自裁谢罪，就以我的头发代替脑袋吧！"

郭嘉马上机灵地高喊说："快传令三军，丞相大人现在割发代首，以正军纪！"

三军悚然。古人云，身体发肤，受之父母，不可毁伤。如今丞相大人为了严明军纪**居然割断了自己的头发**！从这之后，曹操的大军之中再也无人敢违抗他的军令了。

接下来的行军过程中，将士们都严守军纪，路过狭窄的田垄时，甚至要下马小心翼翼地扶着麦子经过，不敢让自己的脚或者马蹄踩踏麦子。

沿途的老百姓看见这一幕，都感激涕零，不断地磕头跪谢曹操。

而曹操看到这一幕，脸上浮现出一丝不易察觉的微笑。

趣味链接　古代的计量工具——斛

在本回曹操杀粮官王垕的情节中，出现了一个名词——斛。

斛是中国古代常用的一种计量工具，也是容量单位。斛原本是盛酒的器皿，圆桶形状，后来也用来盛其他物品，慢慢地就演变成容量单位。

现藏于上海博物馆的光和大司农平斛，铸于汉灵帝光和二年（公元179年），是由九卿之一的大司农监制，属于国家级标准量器。这个斛实测容量为20 400毫升，因此可以推测，东汉末年一斛约等于今天的20升。

而本回中提到的"大斛""小斛"还牵扯到一个典故：

春秋时期，齐国的大夫田乞为了笼络人心，在向农民征收赋税的时候用小斗收入，而在荒年借给农民粮食时用大斗借出，农民归还的时候依旧用小斗测量。这种"小斗进、大斗出"的做法，明显让老百姓占了便宜，大家都对他感恩戴德。

大斗就是容量正常的斗，小斗则是被刻意做过手脚的斗，里面装了暗格，实际称量出的粮食要少得多，因此叫小斗。

在本回中，曹操让粮官用小斛分粮，也是同样的道理，将士们实际得到的粮食要少得多，因此才会怨声载道。

下邳城曹操杀吕布

——白门楼,不眠之夜

张绣听说曹操率兵前来攻打自己,一边写信向刘表求援,一边自己组织将士迎战。但他的实力实在拼不过曹操,很快就被打得节节败退,干脆直接退守到南阳城中,闭门不出。

南阳城的护城河十分宽阔,水也很深,曹操一时半会儿攻不进去,双方进入了僵持阶段。

其间,你设下计谋,我将计就计,你偷袭我一下,我还击你一下……你来我往地交手过几次,各有胜负。

张绣有刘表相助,曹操也拉来了孙策屯兵湖口牵制刘表,双方处于拉锯局面。

打破这个局面的是袁绍。

他听说曹操被张绣和刘表牵制住了,就打算兴兵侵犯许都,荀彧探听到消息后连夜送信通知曹操。

曹操一听说大本营要被偷,立马心慌慌,也顾不得才被他一招奇谋打得苟延残喘的张绣和刘表,只想赶紧回兵防守。

张绣一看曹操撤兵,和刘表一合计,当即带着能召集起来的所有残兵一起去追击曹操，结果被早有准备的曹操埋伏了。

张绣正丧气时，谋士贾诩劝他再追击一次，曹操打败追兵后一定着急赶路，没有防备。张绣听劝，果然大败曹操，收获了曹军丢下的一应军马辎重。

见好就收的张绣也不敢继续追击，与刘表各自退兵，曹操也轻车快马地赶回了许都。

等曹操回到许都后，就收到了袁绍派人送来的密信，说是要借兵攻打公孙瓒。曹操直接气笑了："他这是见我回来了，没法图谋许都了，又想出了别的法子。"

郭嘉当即以刘邦战胜项羽的例子作比，分析了曹操与袁绍对比的十个优势，把曹操夸得都不好意思了。而后，郭嘉分析说："我知道，袁绍言行无状，惹得主公十分不快，主公怕是恨不得立马出兵讨伐他。但袁绍这个人贪慕虚荣、不懂兵马，不足为惧，主公眼下最应该担心的，是吕布。"

曹操被他这么一安抚，也消气了，继续问他："那奉孝以为，接下来该如何做？"

郭嘉继续说："袁绍想攻打公孙瓒，主公就帮帮他，等他北征之时，主公正好可以攻打吕布，再图谋袁绍。我们若是先与袁绍开战，那吕布一定会趁乱进犯许都，终究是个祸患。"

荀彧补充说："主公可派人通知刘备，一起攻打吕布，等他回信后再出兵。"

曹操欣然同意。于是，他一边给刘备送信，一边以优厚的待遇打发了袁绍去北伐公孙瓒，只坐等攻打吕布的时机成熟。

再说徐州的吕布，自从打败了袁术以后，他的自信心极度膨胀，都快不知道"吕"字怎么写了。再加上有陈珪、陈登这对父子的连连奉承，每逢吕布大宴宾客之时，都要变着花样地盛赞吕布的德行，吕布被他俩吹捧得很快就不知道天高地厚了。

陈珪、陈登这对父子，是曹操在吕布这里埋下的暗桩，为的就是让吕布张狂，自取灭亡。

陈氏父子是徐州的名门望族，根本看不上有勇无谋、背信弃义的吕布。他们虽然名义上在吕布的手下做官，却无时无刻不在坑吕布。

袁术催促吕布嫁女时，是陈珪进言阻止了吕布把女儿送去袁术那里，直接导致了吕布与袁术决裂。

吕布派陈登到许都给自己讨要徐州牧的官职时，陈登直接在曹操面前说起了吕布的坏话，还劝曹操早些对付他。

吕布听说陈登没有成功为自己讨要来徐州牧的官职，陈氏父子却都被曹操封了官，拔剑要斩杀陈登时，陈登又凭借自己的三寸不烂之舌劝吕布去讨伐其他诸侯，消耗实力……

如今，他们又用这没完没了的谄谀，将吕布吹得飘飘欲仙，这反常的举动，引起了谋士陈宫的警觉。

陈宫几次三番提醒吕布，防备陈氏父子。可吕布早就被陈氏父子俩的迷魂汤灌迷糊了，不仅听不进去，还大骂陈宫是想诬陷好人。

陈宫气得胸口憋闷，却又无计可施，只得落寞地走出营帐，仰天叹息："我们以后都要被陈氏父子害死了！"

一股无法言说的愁苦再次涌上陈宫的心头，以至于陈宫的内心动了离开的念头："这吕布只有匹夫之勇，不辨是非，还有什么值得我留恋的呢？"

但很快他又想道："我又能去哪里呢？像条丧家之犬一样到处流浪吗？一定会被曹操嘲笑的……"想到曹操，他心里钝钝地一痛，莫非当年选错了？这吕布甚至不如曹操……

进退两难的陈宫整日里闷闷不乐，只得找一些别的事情做，解解闷。

这天，他带着数名骑兵外出打猎时，忽然抓住了一个惊慌的使者，还从使者的身上搜出来一封信。陈宫打开信来看时，不由得大吃一惊，那信分明是刘备写给曹操的，答应与曹操联合，一起攻打吕布。

陈宫连忙带着使者和信找吕布，吕布看完信件后鼻子都要气歪了，连骂数声："曹贼怎敢！大耳贼怎敢！"

冷静下来后，吕布决定先下手为强。他将自己的兵马分成四路，一路向东去攻打曹操在山东兖州的驻军，一路向西攻打汝、颍一带，还有一路由高顺、张辽领着去攻打小沛的刘备，他自己则领着中军，随时准备接应其他三路大军。

再说镇守小沛的刘备，他兵微将寡，怎么敢和吕布硬拼呢？所以，在得到吕布进犯的消息时，他立马派人去向曹操求救，而后紧闭城门，等待援军。

曹操当即派大将夏侯惇为先锋官，与夏侯渊、吕虔、李典领兵五万先行，他亲率大军稍后一步出发。

先锋官夏侯惇最先与高顺的队伍相遇，展开激战。二人你来我往战了四五十个回合，高顺败下阵来。吕布一方的曹性见状，暗中拈弓搭箭，偷袭夏侯惇，一箭正中夏侯惇左眼。

夏侯惇一把将箭拔出，挺枪纵马继续作战，两边的将士们都被他这一番操作吓蒙了。

但高顺已经趁着他受伤这会调整好了节奏，绕到背后杀出，指挥着军士们一起上。很快，曹军大败。

夏侯渊冲出去保护着夏侯惇一起逃走，而后退到济北安营扎寨。

高顺这边也领兵回去，会合刚刚赶到的吕布一起围攻刘备。

刘备的几路兵马都被吕布杀得丢盔卸甲，最后带着数十骑狼狈逃回小沛。然而，吕布比他更猛更快，趁着吊桥还没收起的些许工夫，一举冲进了小沛城。刘备见状，家都来不及回，舍弃了家小，骑马穿城而过，独自逃难去了。

刘备一路逃到了梁城，忽然就看见前方尘土蔽日，是曹操带着大军赶来了。

刘备一见到曹操，立马痛哭出声："丞相，你可算来了。"而后详细倾诉了小沛失守，妻小失陷，义弟关羽、张飞不知所终的遭遇，那哀伤悲痛的模样，惹得曹操也跟着大哭了一场。

而后，曹操大军火速赶往济北大营，又听说了夏侯惇赔上一只眼睛。曹操大怒，当即亲自率领大军去攻打吕布，又派曹仁领着三千士兵去攻打小沛城。

但也许是双方之间存在信息差，吕布一听说小沛被攻打，当即让陈珪留下来守卫徐州，自己带着陈登一起去救援小沛。

陈登临走前，父亲陈珪提醒他，不要忘了之前答应曹丞相的事，陈登也叮嘱父亲，如果吕布战败归来，万万要守住城门，不要让吕布再有机会踏入徐州城。父子俩密谋完毕后，各自行动。

行军途中，陈登劝说吕布将妻小和钱粮移到下邳城去，以防万一，吕布照做了。而后，陈登以探听虚实为由先行一步，在萧关守将和吕布之间来回哄骗，导致萧关为曹兵攻破。吕布明白过来时早已晚了，陈登早已下落不明，吕布只得与陈宫一起返回徐州，然而此时，徐州早已落入刘备谋士糜竺的手中，怎会开门让他入城？

无奈，吕布只得带着手下转战小沛，可走到半路上，就遇到之前安排去小沛驻守的高顺、张辽等人，一问才知道，陈登假传军令将他们骗出了小沛城。不用说，小沛也已经失守了。

在亲眼看到小沛城头高高飘扬的"曹"字旌旗时，吕布怒火中烧，他指着城头的陈登破口大骂："陈氏狗贼，竟敢骗我！"

陈登正色回击道："吕布，我身为大汉臣子，怎么会辅佐你这反贼呢？你当真是痴心妄想，可笑！真可笑！"

吕布气急，正要率兵攻城，忽然听到背后喊杀声大起，领头的将士正是张飞，高顺率军出兵拦住，不能取胜。吕布只得亲自出战，双方缠斗时，曹操亲自统率大军杀来了，吕布估摸着抵挡不住，只好带着陈宫等人先行撤退。

吕布逃到半路上，突然就被一路人马拦住了去路，为首的将领横刀跃马大声呵斥道："吕布站住，关云长在此。"

吕布仓皇迎战，背后追赶的张飞等人也很快赶来，吕布见情况危急，也不敢恋战，只得与陈宫等人奋力杀开一道口子，匆匆逃往下邳。

下邳城的南城门通体白色,俗称白门楼,不久之后,它见证了一个英雄的陨落。

刘、关、张三兄弟重聚暂且不提,单说吕布前脚刚到下邳城中,曹操后脚就追了上来。为了防止吕布逃去与袁术联手,曹操还派了刘备等人死守住通往淮南的路口。曹操这边为大战紧锣密鼓地筹备着,逃到下邳的吕布却自恃占据着天险,且粮草充足,只安心休整,一点都不将接下来的大战放在心上。

陈宫都快急死了,一连几天劝说吕布,要抓住战机,趁着曹操长途奔驰、将士疲惫的空当儿,给他们迎头痛击。

可吕布依旧不听陈宫的话,认为大军刚打了好几场败仗,应当先行休整,不能轻易出战,只等着曹操来攻再做筹谋。陈宫气到七窍生烟,却也拿他无可奈何。

等到曹操安营扎寨完毕,在城下叫阵,吕布这才叫上陈宫一起登上白门楼。

曹操一脸笑意地对站在白门楼上的吕布说:"吕温侯,一向可好?本相有几句体己的话要跟你说说。"

吕布并不作声,曹操不以为然地笑了笑,接着说:"将军少年成名,武功天下无双,在征讨董卓逆贼时又立过赫赫战功,何苦现在要与袁术同流合污,和朝廷作对?你这是在自毁前程啊,连我都替你感到惋惜!如果你肯投降,我一定会在皇上面前替你美言几句,到时候高官厚禄、金银财宝唾手可得!"

吕布听了曹操的话,不由得一阵心动,他开口回应说:"丞相容我好好想一想……"

他的话音未落,就看见身旁"嗖"的一声飞出一支羽箭,正中曹操头顶的华盖。

吕布回头一看,射箭的人正是陈宫。陈宫面色惨白,手里的弓都在颤抖,却铿锵有力地大骂出声:"不义的曹贼,不必再哄骗我等了,我真恨自己失了准头,没能一箭射死你!"

曹操挥退了身边一众惊呼的将士,从车驾上站了起来,也懒得再伪装和善了,指着陈宫的鼻子怨恨地说:"好你个陈宫,不杀了你,我从此再不姓曹!"

于是下令攻城。

城头的吕布见陈宫激怒了曹操，不由得埋怨出声："先生，你倒是听曹操说完啊，凡事有个商量，何必一上来就撕破脸皮呢？"

陈宫面色冷峻，质问道："难道将军现在还相信曹贼会兑现承诺吗？他那种人，一贯无情无义，不过是想诓骗您罢了，倘若您真的如他所说，束手投降，那才是'人为刀俎，我为鱼肉'啊！"

吕布叹口气，说："可你这一箭射出去，我们就再也没有回头路了。"

陈宫长叹一声，说："将军，曹贼对你我恨之入骨，我们若不自谋生路，指望他曹操，只有死路一条。"

吕布冷笑一声，说："你说得对。不过，我有方天画戟在手，曹贼想要我的命，也没那么容易！"

陈宫听他这么说，才缓缓地松了一口气，接着说："既然将军有拼死抵抗的决心，现在就可以率领一支人马出城驻扎，我带领剩下的人守住下邳城，咱们守望相助，到时候无论曹军进攻哪一处，咱们都可以首尾夹击曹军。如此，不出十天，就能耗得曹操大军粮草殆尽，到时候咱们就可以一击制胜。如若不这样智取，恐怕很难抵挡曹操的大军啊。"

吕布点头赞同，说："我这就回府收拾收拾出发。"

可是三天过去了，吕布还没有从府里出来。陈宫气急，直接寻上门去，就看见吕布与妻妾一起在堂上饮酒，左拥右抱，好不快活。

陈宫见状，顿时觉得一口老血涌上来，眼前一黑，险些没昏死过去，回过神来，他质问道："将军，你为什么不按照之前约定的计划出兵？"

吕布懒洋洋地说："我仔细想过了，曹操诡计多端，我还是不要轻举妄动了。"

饮下一杯酒后，他继续说道："只要我的赤兔马、方天画戟还在，谅曹操也不能把我怎样！"

之后，任由陈宫说破了嘴皮子，吕布也无动于衷。陈宫只得无奈离开，心死的他忍不住悲叹出声："都是天命啊！我就快要死无葬身之地了吧！"

吕布继续闭门不出，与妻子严氏、美妾貂蝉饮酒解闷。谋士许汜与王楷见状也坐不住了，当即求见吕布，献策说："将军就算不出兵，也不要什么都不做呀！咱们可以派人去淮南搬救兵，如今袁术在淮南声威大震，若能获得他的援助，何愁不能大破曹军呢？"

吕布听他们这么说，也觉得有道理，当即派许汜、王楷杀出一条血路，到袁术大营中求援。

袁术当初想和吕布结成儿女亲家，吕布听信了陈登父子的建议，毁了这桩亲事，因此与袁术闹掰了。如今任凭许汜和王楷如何狡辩，袁术就咬死了一条：吕布先把女儿送过来，他再出兵。

许汜、王楷无奈，只得再次突破重围，回去见吕布。他们把袁术的意思一说，吕布连忙点头同意。

可怎么将人送过去又是一个大问题，如今通往淮南的路被刘备的人严防死守，他们俩这么一进一出早就打草惊蛇了，刘备必将防备得更严。许汜忍不住叹了一口气："除非是将军亲自护送，否则还有谁能突出重围呢？"

吕布说："那就由我亲自护送。"

趁着一个月黑风高的夜晚，他将女儿用绵布和盔甲包裹严实后，捆在自己后背上，而后挥舞着方天画戟，驱驰着赤兔马，在张辽、高顺的护送下冲出了下邳城。

他哪里知道，曹操早就从他之前的动作中猜到了他的打算，安排了重重埋伏，等到吕布一露面，喊杀声四起："吕布在那儿，捉活的！"

任凭吕布武艺高强，也插翅难飞，更何况他还需要顾及背后的女儿，不敢全力突围。

最后，在一片喊杀声中，吕布只能退回城中。

"我城中有的是粮草，怕什么曹操？反倒是曹操，远道而来，日子一长，他的粮草必然紧张。"这样一想，吕布就安心地在下邳城"猫"了起来，一"猫"就是两个多月。他每天都沉迷于酒色，整个人像是被抽去了脊梁骨一样，一点儿精神都没有，哪还有当年的英雄气概？

下邳城久攻不下，曹操也开始着急了，在谋士郭嘉和荀彧的建议下，他下令挖开沂水和泗水的堤坝，准备用水淹下邳城。吕布知道后哑然失笑："这群蠢材！想用水攻对付我？他们不知道吧，我的赤兔马涉水如履平地，哈哈哈哈！"

可是有一天，当他看到镜子里自己饮酒过度的憔悴容颜时，吓了一大跳，当即决定戒酒，还下令城中所有人一起戒酒，如有违令者一律斩首。

禁酒令下达没多久，吕布帐下的将官侯成抓住一伙偷马贼，众人向他祝贺，他忍不住想办酒宴庆祝一下，又怕吕布怪罪，就带着酒到吕布的府上邀请吕布一起痛饮。结果吕布大怒，要将犯禁酒令的侯成推出去斩首，后因宋宪、魏续等军官苦苦哀求，才改为脊杖五十。

吕布的这番作为，不仅没有给众人留下军纪严明的好印象，反而让大家都寒了心。侯成和宋宪、魏续等人私下里商议道："吕布这家伙是个酒色之徒，跟着他没前途，我们投降曹操吧！"

魏续说："你说得对！如今敌军围城，大水都淹到城墙边了，吕布却只想着他自己，一点都不顾我们的死活。再不投降，我们就只有死路一条了。"

于是，几人商议一番后，由侯成趁着半夜时分偷走吕布最为倚仗的赤兔马，献给曹操表明诚意；宋宪、魏续等人在白门楼上插白旗为号，引曹兵攻城；又趁着吕布累睡着了偷走吕布的方天画戟，再招呼了好几个人七手八脚地将熟睡的吕布捆了个结结实实。

捆住吕布后，几人直接打开城门，迎接曹操进城。

可怜的陈宫，还没搞清楚情况就已经无力回天了，想趁乱逃走，却被曹军的大将徐晃活捉。

曹操进城后，一边处理城外的洪水，一边安抚城内的百姓。一切处理妥当后，他才邀请刘备一起到白门楼上，处置被俘的吕布等人。

很快，吕布就被人五花大绑着押了上来。一看到自己手下的大将宋宪、侯成、魏续居然就站在曹操身侧，横眉立目，怒骂出声："我待你们不薄，你们怎么忍心背叛我？"

宋宪冷冷地回复道："不薄？你只顾着自己和妻妾的死活，压根不听我等将领的意见，也不管我们的死活，这也叫不薄？"

吕布一时之间说不出话来。

曹操只顾着处理高顺等人，没空搭理他们。不一会儿，众人又押着陈宫上前，曹操一脸讥讽地问陈宫："老朋友，别来无恙啊！当初你背弃我的时候，有想到今天的下场吗？"

陈宫冷笑着说："哼！你不仁不义，又怎么能怪我背弃你？今天落在你手里，要杀就杀，何必废话！"

说完，陈宫也不顾曹操流露出的挽留之意，自己径直走向行刑的断头台，左右都牵不住他。

曹操见陈宫心意已决，哭着起身为他送行，而后下令将他厚葬，他的老母和妻子也都接到许都去养老。

曹操处置陈宫的时候，吕布慌了，他央求刘备说："我如今已经是阶下囚了，玄德公，你怎么连一句好话也不肯为我说？难道你忘了当日我是如何对你的吗？"

"你怎么对我哥哥的？你说的是你趁他不在夺他徐州这件事吗？"张飞出言讥讽。

吕布被他说得低下了头，脸色涨红却无一言可反驳。

刘备见状，连忙制止了心直口快的张飞，又笑着安抚吕布："奉先别急，我知道该怎么做。"

等曹操处置完陈宫后重新上楼来，吕布仿佛看到了一线生机，急忙哀告道："丞相大人，我吕布如今对您心服口服。只要您肯放我一马，我一定辅佐您打天下！"

曹操听了，很心动，他转过头去问刘备："玄德，这件事你怎么看呢？"

张飞又忍不住讥讽道："怎么？吕奉先，你这是又要认干爹了吗？"

吕布被他这话刺激得目眦欲裂，忍不住恨恨地瞪了张飞一眼，那一闪而过的杀意正好被刘备看在眼底。

刘备思索了一会儿后，缓缓说："丞相大人，吕布的勇武确实难得，但您还记得丁原和董卓当初是怎么死的吗？"

一语惊醒梦中人，曹操眼中欣喜的光黯淡了。

吕布瞬间看清了局势，对着刘备叱骂道："你这个大耳朵鬼！你言而无信，你难道忘记了当初我辕门射戟解你困境的恩情吗？如今你不替我说好话也就罢了，居然还这样害我……"

曹操懒得再听他骂骂咧咧，厉声命令左右："把吕布押下去，立刻处死！"

吕布眼看着回天无力，连连哀号，突然就听见一个声音响起："吕布匹夫，你也忒丢人了！男子汉大丈夫，脑袋掉了碗大个疤，值得你哭叫什么？"

众人循着声音看过去，就看见刀斧手押着一个壮硕的将军走了上来。那将军见曹操朝他看过来，转脸开始大骂曹操："曹贼，只可惜当年在濮阳没能一把大火烧死你！"

曹操一听他提起濮阳，才想起来这人是吕布帐下的张辽，忍不住笑了，说："原来是你呀！要不要到我麾下效力呀？"

"呸，你这窃国贼！我才不屑与你为伍呢！"张辽根本不理会曹操的示好，怒不可遏地骂道。

"你一个败军之将怎敢如此侮辱我！"曹操气得拔出宝剑就要刺过去。

一旁的刘备眼疾手快一把扯住了曹操的胳膊，说："丞相大人，先不要动手。像张辽将军这样赤胆忠心的人，杀了实在可惜，若能收为己用就再好不过了！"

刘备身后一直沉默不语的关羽也快步走上前，对曹操说："丞相大人，关某也听过张辽张文远的忠义之名，我愿意用性命为他做担保。"

曹操向来爱才，被他们这么一劝，气也消得差不多了。可如何收服张辽是个问题，曹操眼珠子一转，计上心来。他一把扔开宝剑，笑着说："我当然也知道文远将军的忠义之名，刚才开个玩笑罢了，别放在心上。"

"吕布那等小人，傲慢自大，根本不值得文远为他送命。我若能得到文远这样的虎将，必定珍之重之，让你能一展抱负，建功立业。"

张辽在吕布麾下从未得到过如此承诺，脸上不免流露出些许向往的神色。曹操一看，当即亲自上前去给张辽松绑，还请他上坐。

张辽十分感动，从此便在曹操麾下效力，至死未改。

趣味链接

曹操帐下的名将天团

在本回故事的结尾处,出现了一位有忠义之名的将军张辽,他归顺曹操后屡立战功,声名赫赫,成为一代名将。

你知道吗?在真实的三国历史中,张辽也是威震四方的良将。三国时期,曹操手下人才济济,良将辈出。武将中,除了曹魏八虎骑,最威名显赫的就是五子良将了。他们分别是:前将军张辽、右将军乐进、安远将军于禁、车骑将军张郃、右将军徐晃。

这五位将军,虽然加入曹营的时间各有不同,但都经常被曹操任命为先锋官,是公认的能打硬仗、能打胜仗的猛将,是为曹魏奠定基业立下汗马功劳的将领天团。陈寿在撰写《魏书卷十七》时,把这五个人放在一起立传,叙述诸将生平事迹后,评曰:"太祖建兹武功,而时之良将,五子为先。"

而张辽又是五子良将中功勋最大、名望最高的一位,后来被尊为征东将军、晋阳侯。

许田打围臣欺君

——曹操的疯狂试探

曹操处置完吕布及一干党羽后,班师回到许都。

与他一起回来的,还有刘备。因为曹操的举荐表功,刘备见到了汉献帝。汉献帝听说刘备是中山靖王之后,连忙命人取来宗族世谱检看,果然能对上。汉献帝大喜,当即将刘备单独请到偏殿去,以叔侄之礼叙话。

汉献帝的这番做法,相当于官方认证了刘备中山靖王之后的皇族身份。

汉献帝这么做也是有私心的。论辈分,刘备算是他的叔叔辈,他如今受曹操控制,不得自由,若是多了个文武兼备、颇有英雄气概的叔父,也许能寻得解脱之法呢?所以,他对刘备尊崇有加,不仅封刘备为左将军、宜城亭侯,还大摆宴席款待刘备,张口闭口都是"皇叔",好不亲热。

从此以后,"刘皇叔"就成了刘备最响亮的名号。

刘备当然也是喜不自胜,笑脸相迎。想起多年前剿灭黄巾军,立下大功,却被无视的屈辱,此时的刘备心头大为畅快,心里暗暗盘算道:"以后仗着这个名正言顺的名号,办起事来可方便太多了。"

一旁的曹操看着言笑晏晏、你来我往的两人,并不作声,只自顾自地喝酒吃菜,丝

毫不将他们的小心思放在心上。

等曹操回府时，荀彧等一班谋士早已等候多时。

刘备身份的突然升级，令荀彧等谋臣担忧不已，忍不住开口说："主公，天子认刘备当叔父，恐怕他在朝中的威信会猛涨，对您将会是不小的威胁啊！"

曹操背手一笑，不紧不慢地说："他刘备既然被认作皇叔，那我用天子诏令命令他，他就不能不服从。我能控制天子，自然也能左右他。况且，刘备这样的人，必须放在我的眼皮子底下我才能安心。如今，他虽然同天子亲近，在许都却毫无根基，只要不让他回到他经营许久的徐州，就没有什么可令我担心的了。"

荀彧等人听他心中有数，这才放下心来。

曹操接着说："刘备虽然不足为惧，但与袁术有亲戚关系的太尉杨彪，却是我的心头大患，诸位可有办法除掉他？"

谋臣们献策道："不如就以这层亲戚关系为由头，说杨彪与袁术勾结，妄图颠覆汉室，再由我们的人去审问他，给他定罪，不愁除不掉他。"

曹操听完欣然同意。他仗着自己刚刚立下大功，无人敢与之争锋，真的就用这种下作手段明目张胆地栽赃陷害杨彪，差一点就将三公之一的太尉杨彪除之而后快。幸而有北海太守孔融等人拼命阻拦，杨彪才保住了一条性命。

经过这件事，曹操也知道，汉室朝廷虽然摇摇欲坠，但还有一些忠心耿耿的股肱之臣存在，不搬走这些绊脚石，恐怕自己很难真正取而代之。

谋士程昱问："主公接下来有什么打算呢？"

曹操沉思片刻后，说："你去准备办一场天子狩猎，我要让那些不安分的鱼儿都露出水面来。然后，我再一条一条将他们捉住，到那个时候，是清蒸还是红烧，就看我的心情了……"

几天后，一场规模盛大的围猎在皇家猎场许田拉开帷幕。

刘备永远忘不了那天看到的情景，他真正见识了什么是皇家气派。只见蔚蓝的天幕下，猎场一望无际，旌旗遮天蔽日，号角声如闷雷，各色骏马鞍辔一新，马背上顶盔执甲的将士们威风凛凛、昂首挺胸。浩浩荡荡的队伍正中间有一顶明黄色的巨大华盖，华盖下是骑着宝马的汉献帝。

汉献帝原本是不想来的，还以"打猎不是正经事"为由推辞过，可曹操却说："打猎、郊祭都是古代帝王向天下彰显武力的手段，怎么不是正经事？如今天下并不太平，陛下正好可以借此机会展示一下武力，震慑四方。"

汉献帝推辞不掉，不得不从。他脸色苍白地骑上逍遥马，手持宝雕弓，背上金钑箭，在曹操和一众大臣的陪同下出现在猎场上。

那把弓箭很有讲究，是帝王专用，文弱的汉献帝拿上，也增添了不少英气。就连关羽远远地望见后，也忍不住在心里赞了一句："果然好弓箭！"

可刘、关二人为汉献帝的气派倾倒还没多久，就看见曹操身骑白马出现在汉献帝的身边。

这马名叫爪黄飞电，是一匹不可多得的宝马，通体洁白，如雪染就，只有四只马蹄是金黄色，就像是特意镀上了一层金。它高大健硕，四肢修长，跑起来快如闪电，别提多威武了！

除了这匹骑着的宝马，曹操还带了老鹰和猎犬，由左右侍从帮他架着、牵着；他自己则身穿华丽的锦袍，腰佩宝剑，脸上洋溢着得意的笑容，那风头直接盖过了汉献帝。

看他这副得意的样子，刘备身后的张飞忍不住了，冲着曹操的背影吐一口唾沫，低声骂道："老匹夫，真看不惯他那副得意又猖狂的模样！"

关羽冷笑一声，缓缓地眯起丹凤眼，遮住了眼中不满的光芒。

那曹操走着走着，就几乎是和天子并排而行，只稍稍落后一个马头。曹操的身后还

跟着他的一众心腹将校，都是在战场上厮杀惯了的主，那气势吓得文武百官都不敢靠近。

刘备见状，心头一震，暗暗思忖道："曹操这是什么意思？竟然敢与皇上并行，实在是太无礼了！"

正在这时，汉献帝扭头冲不远处的刘备喊道："皇叔，请上前来！"

刘备应允，用脚轻轻地踢了踢马肚子，那马儿紧走几步之后，又被刘备使劲勒住了缰绳，停在了与汉献帝相差一个马身的地方。

君臣之别，刘备懂，曹操也懂，但曹操假装不懂，挑衅地看着刘备，说："刘皇叔，怎么不上前来啊？陛下也许想跟你说几句贴心话呢。"

刘备在马上微微朝汉献帝躬身行礼，说："陛下有事尽管吩咐，君臣有别，臣不敢僭越。"

汉献帝正被曹操的挑衅气得心头狂跳，又不敢发作，听到刘备的话，不由得心头一热，暗想："也许能拯救我的人，就是刘皇叔了。"

他充满感激地看向刘备，亲热地说："皇叔，朕今天想看你射猎。"

刘备瞥了一眼曹操，就看见对方脸上荡起一抹意味深长的笑容，似乎是鼓励，又似乎是在质问："刘皇叔，你敢吗？"

刘备立刻领了皇命。

正搜寻猎物时，忽然有一只肥硕的野兔从杂草丛中一跃而出，汉献帝手指着野兔激动地大叫："皇叔，快！快射那只野兔！"

刘备不假思索，拈弓搭箭，"嗖"的一声，一支羽箭飞出，射中远处的野兔。

"好！中啦！皇叔的骑射功夫果然了得！"汉献帝大声喝彩，他身后的文武百官也都跟着附和，只有曹操冷哼了一声，不以为意。

众人继续往前搜索猎物，刚转过土坡，就看见一只受惊的梅花鹿从荆棘丛中露出了踪迹，曹操转过头对汉献帝说："陛下，不如这只鹿就由您来射吧！"

汉献帝面色一窘，他哪里精通骑射？可是又不好明说，只得鼓起勇气追上去拈弓搭箭。

一连射出三箭都射偏了，汉献帝的心头不免涌起一阵恼怒："这个曹孟德，分明是想看朕出丑！"

可他的脸上不敢展现出一丝愠色，只好假装遗憾地笑了笑，对曹操说："爱卿，你在马背上建功无数，还是你来射这只鹿吧！"

曹操听到汉献帝这么说，也不推辞，笑着说："陛下，臣想借您的弓箭一用！"

汉献帝又是一愣，这曹老贼竟敢提出如此大胆的要求？皇帝的专用弓箭，岂是你一个臣子能用的？可汉献帝看了看曹操伸出来的大手，又看了看他那志在必得的眼神，竟然鬼使神差般地解下弓箭袋，递了过去。

曹操接过弓箭，纵马朝着越跑越远的鹿追去，一边追一边拈弓搭箭，只一箭便射中了那只鹿。

曹操见一箭射中便不再追逐，只拨转马头得意地看向一旁跟过来的汉献帝，心里想着："比起老夫经历的无数次大小战役来说，射杀一只鹿，小事一桩罢了！"

汉献帝见他气不长出、脸不涨红的样子，心头暗暗叫苦："这老贼身强力壮，上马能战，下马能治，朕如何才能扳得倒他？"

正在这时，前方忽然爆发出一阵欢呼声，打断了君臣二人的各有所思。很快，一个小校捧着金钑箭跪倒在汉献帝面前，高声呼喊道："恭喜陛下！射中了一只大鹿！"

周遭围过来的众将士一听，都误以为这箭是汉献帝射出的，齐刷刷地抱拳祝贺，山呼海啸般地高喊："陛下威武！万岁！万岁！"

汉献帝更加窘迫，一时不知如何应答才好。

曹操见状，肆无忌惮地仰天大笑，而后顺势一踢马腹，爪黄飞电向前迈出两步，正好挡在了汉献帝面前。那张狂的模样，就好像是在代替天子接受众人的道贺一般。

众人见状，脸色大变。光天化日，朗朗乾坤，曹操这毫不避讳的僭越之举，算是彻底撕掉了遮羞布。文武百官的眼中仿佛是被人扬了一把沙子，难受得都要流下泪来。

人群中一道寒光闪过，那是怒到极致的关羽，已经压制不住怒火抬起了自己的青龙偃月刀，恨不得立刻冲上去砍了这个犯上的奸佞小人。

刘备眼角的余光瞥见了关羽的动作，赶忙使劲摆手劝阻关羽。

一场无声的眼神交流悄悄展开——

关羽："大哥，让我去杀了这个不忠不义的曹贼！"

刘备："云长，不可轻举妄动！现在时机不成熟！"

关羽："曹贼这是明摆着没有把陛下放在眼里，欺人太甚了！"

刘备："曹贼必死，但不是现在。况且他的马儿和陛下紧紧挨着，你此时冲动上前，若是一不小心误伤了陛下，可如何是好啊！"

…………

关羽读懂了兄长的眼神示意，放下武器，不再轻举妄动。刘备这才轻轻拍马上前一步，高声打破僵局："丞相好射艺！在下佩服，佩服！"

曹操微微一笑说："都是托陛下的洪福，是陛下的宝弓金箭好啊！你说是不是呀，玄德？"

刘备垂首附和道："您说得对。"

曹操听他这么回答，哈哈大笑着掉转马头，向汉献帝道了一声谢，而后在众人的簇拥下大摇大摆地离去，仿佛是忘记了将宝弓金箭归还给汉献帝。

刘备偷偷抬眼与汉献帝对望，只见汉献帝的眼底既有泪又有恨。刘备只得轻轻摇头，以眼神劝慰汉献帝暂且忍耐。

汉献帝用力咬紧下唇，把一腔怒怨都咽进肚子里去。

围猎过后，众人在许田宴饮，结束后才各自归去。

趣味链接

许田打猎，曹操究竟犯了什么忌讳

在本回中，身为丞相的曹操做了一些"大逆不道"的事：使用汉献帝的专属弓箭、马头几乎与汉献帝并驾齐驱、冒皇帝之名接受将士们的庆贺等。这些行为究竟犯了什么忌讳呢？

答案是僭越。

中国古代封建社会是一个等级森严、尊卑分明的社会，讲究在哪个阶层就遵守哪个层次的规矩，不可以有超越礼制与等级界限的行为，超出本分的行为就叫作僭越。

在古代，僭越的罪名比天大，轻则斩首，重则凌迟。《史记》中记载过这样一个故事：淮南王刘长仗着自己是皇亲国戚，擅自在自己的封地里废除了朝廷颁布的法令，不听从天子的诏令，还为自己建造了天子规格的车驾和住所，因此惹来了朝臣们的弹劾，要求以谋反罪将他治罪，斩首于市。后来是汉文帝不忍心，改将刘长贬为平民。由此可见僭越的处罚之重。

古代皇权至上，皇帝处于等级秩序的金字塔顶层，他所使用的器物、服饰、车马、礼仪等，严禁其他人以任何名义使用。许田打猎时，曹操之所以如此胆大妄为地触皇帝的霉头，目的只有一个：试探朝中文武百官的态度。结果令他十分满意，朝廷百官对他的僭越行为敢怒不敢言，这也间接说明了一件事——汉献帝的威严已经没什么分量了。

青梅煮酒论英雄

—— 笑谈天下英雄事

许田围猎之后,汉献帝回到后宫,满腔的悲愤再次涌上心头,眼泪就像断了线的珠子一样滚滚落下。他跪倒在地上,仰望苍天,悲伤地说:"列祖列宗在上,是我刘协无能,让曹贼如此僭越欺压,若不能除掉他,我就算是死了也闭不上眼,更没有颜面去见你们啊!"

汉献帝的皇后伏氏,人称伏皇后,见汉献帝悲愤地伏地大哭,也忍不住落下泪来,她问:"满朝文武百官,难道就没有一个人敢主持正义,除掉这个奸臣吗?"

汉献帝哭着说:"满朝文武,不是曹操的宗族,就是曹操的门下,朕又能依靠谁呢?"

"董承可以!"汉献帝的话音未落,就听见一个声音响起。

来人疾步从外面进入,边走边说:"陛下,车骑将军董承可以替您除去这块心病。"

汉献帝回头一看,说话的人正是他的岳父伏完。

汉献帝连忙请他入殿内坐下,商议对策。

伏完说的董承,是汉献帝妃子董贵人的哥哥,和汉献帝的关系近,手中又有实权,是帮汉献帝办事的不二人选。

在伏完的建议下,汉献帝咬破手指,写了一封血诏,让伏皇后亲自缝在一条精美华丽的腰带内衬中，然后自己穿上锦袍，系上这条腰带，召董承入宫觐见。

董承入宫后，汉献帝闲话家常一般领着董承来到太庙的功臣阁内，聊起了大汉朝的开国皇帝高祖，并希望董承能够像张良、萧何辅佐高祖皇帝一样辅佐自己。

董承自然是跪下诚恳地表达忠心。

汉献帝见状，解下自己的腰带对董承说："爱卿对朝廷功劳甚大，朕没有什么可赏赐你的，就赐你锦袍玉带，你仔细地穿戴在身上，如同在朕的左右一样！"

董承立马跪下诚惶诚恐地接过玉带。

汉献帝又脱下自己的锦袍，凑近董承的耳边低声说："你回去后可以仔细着些，不要辜负了朕的心意。"一边说一边还用眼神瞥向玉带，暗示董承其中的蹊跷机关。

董承会意地点点头，穿上锦袍、系上玉带后，就向皇帝告辞。

然而，汉献帝召见董承的事根本不存在什么秘密，早有人去报告了曹操。董承刚走到宫门口，就遇上了赶来的曹操。董承只好停住脚步向曹操问礼。

曹操一脸笑意地盘问了一番，又让董承脱下锦袍、玉带，自己仔细检查了半天，没找到什么破绽，才不甘心地还给董承。

董承提心吊胆地回到家中，拿着锦袍、玉带研究了好久，才发现了藏在玉带内衬中的血诏。董承看完忍不住泪如雨下，一晚上都没有睡好觉。

第二天一早，董承就开始琢磨汉献帝交代他的事情——召集忠义双全的勇士，消灭奸贼，安定社稷。在董承的秘密组织下，一个九人反曹小分队很快就成立了。除了董承，还有西凉太守马腾、皇叔刘备等。

最开始，马腾提议拉刘备加入时，董承心中还有疑惑，认为刘备与曹操走得很近，有点冒险。

马腾却笑着说："别的人我不敢说，玄德公我敢打包票。他最是个仁义、正直的君子，此时不过是暂时屈居在曹操手下罢了。那天打猎时，曹贼僭越无礼，玄德公的义弟

关羽险些提刀去砍了他，我在一旁看得十分清楚。"

董承不再疑惑，第二天夜里就带着血诏登门拜访刘备，将自己的来意和盘托出。

刘备听了之后又惊又喜，当下就同意共谋大事。

送走董承后，刘备想起了曹操的为人——曹操在许都只手遮天，消息灵通得鬼神难敌，董承上门找自己这件事，一定瞒不过他。

想到这里，刘备立刻命人在住所的后院收拾出一块平地来，撒下菜籽。没几天的工夫，菜籽就发芽了，小小的菜园里就像被蒙上了一层绿茸，看上去生机勃勃。

刘备收敛锋芒，每天都泡在菜园里，不是挑水浇灌，就是蹲在菜园里给菜苗捉虫、除草，忙得不亦乐乎，就像是个平平常常的田舍翁。

"什么？刘备在家里种菜？"曹操听了密报，忍不住哑然失笑，"这是在搞什么名堂？"

"小人不知。"密探回答说。

曹操又问："那他最近都和什么人见过面？"

密探低声说："自从那天董承将军去过之后，就再没有外人进府。"

"刘备种菜，他的那两个好兄弟在干什么？"曹操接着问。

"他们二人白日里出城打猎去了，晚上关羽就抱着一本兵书看，张飞只顾得喝酒。"密探事无巨细地回答说。

曹操听完密报，目光落在书架上许久，而后缓缓地说道："事出反常必有妖！不行，我得亲自见刘备一面，问问他究竟是在做什么。许褚、张辽，你们去把刘备请过来。"

许褚、张辽来到刘备住处时，发现关羽和张飞都不在他身边，一身短衣打扮的刘备正在后院菜园里专心忙碌，就连有人来家里了都没有注意。张辽只好大声说："刘皇叔，好雅兴啊！"

刘备闻声转过头来，温和地一笑，抬起袖子揩揩脑门的汗珠，说："文远将军、仲

康将军，您二位今日怎么有空闲来我府上啊？"

张辽抱拳行礼后回答说："我们奉丞相大人之命，请您到府上一叙。"

刘备略微露出吃惊的神色，问："是有什么要紧的事吗？"

许褚说："那就不知道了，丞相大人只说让我们来请人。"

刘备听完笑了笑，说："丞相相邀，备无有不应的。还请二位稍等片刻，我去更衣，马上就来。"

张辽和许褚点头应好。

等刘备一进入内室中，马上一边换衣服，一边交代自己的心腹一会儿寻个时机出城去找关羽和张飞回来。

交代完后，刘备也换好了衣裳，他装出一副神色自若的样子，跟着张辽、许褚一起来到丞相府。

想起之前与董承密谋除掉曹操的事，这会儿又要去见曹操，刘备心里未免有些心虚，他做了好久的心理建设才强自镇定下来，不料刚一见面，曹操就大喝一声："玄德公！你背着我干什么好事了？"

刘备当下就好像是被人在后背狠狠抽了一鞭子，喉咙紧得一句话也说不出来。

曹操见刘备吓得面如土色，忽然大笑起来，上前一把拉住刘备的手，扯着他往院子里走，说："我听人说你在家里闷头种菜，我可不信！今天特意叫你过来喝酒，顺便问问是不是确有其事。"

刘备听他这么说才放下心来，拼命克制着颤抖的喉咙说："丞相大人，确有此事。我原本想在家种种菜聊以消遣，没想到种菜这事上瘾啊！我越看那些菜心里越欢喜，每天要是不到院子里侍弄一下它们，一整天都不舒坦。"

曹操笑着说："玄德公雅兴啊，由此可见你不是个俗人！"

刘备任由曹操拉着他一路走到后花园。他一边走路，一边装作漫不经心地欣赏园中

景色，眼角的余光却在四下打量，见园中一切正常，这才略略放下心来。刘备笑着应付说："让丞相大人见笑了。不知丞相大人今日召我前来所为何事？"

曹操此时已经拉着刘备走到了一棵青梅树下，他站住后指着枝头的梅子，说："玄德公，也没什么大事。不过是我去年去征讨张绣时，行军途中缺水，将士们都走不动了。我就用马鞭指着前方的一大片树林说，大家伙再往前赶一赶，前方有一片梅子林，结出来的梅子酸甜爽口、入喉生津。等到了地方，大家想吃多少就有多少！大家伙听了之后欢呼雀跃，也不觉得饥渴了，行军速度比平时还快了不少，很快就找到了水源。"

刘备马上满脸堆笑，说："丞相大人妙计啊！"

曹操坦然接受了刘备的恭维，笑着继续说："这几日梅子成熟了，我就想起了这段趣事。你看，这梅子结得这样好，不煮酒小酌几杯可惜了。玄德公，不如今日咱们也学学风雅之士的做派，去前面亭子里对饮几杯？"

说着，曹操抬手指了指不远处的小亭子，里面已经摆放好案几、酒樽等器具，案几上摆着几盘新鲜的青梅，旁边的小火炉上还煮着酒，微微冒着热气，清风将阵阵酒香送了过来。

二人到小亭中相对坐下，刘备不敢松懈，依旧滴水不漏地恭维说："丞相大人好雅兴，您本就是风雅之士呢！在下有幸拜读过您写的诗，写得极好！"

刘备这几句马屁拍得曹操十分舒服，开心地举杯痛饮起来。

刘备却不敢大意，举杯饮酒的同时，总在悄悄偷看曹操的脸色，每句话都要在肚子里掂量两三回才敢说出口。

酒过三巡之后，刘备的脸上微微泛起了醉意，他正准备假装不胜酒力起身告辞，不承想曹操却突然抬头看了看天色，说："看样子要下暴雨了。"

刘备随着曹操的目光所向望去，只见天边阴云密布，大雨将至，他只得假装喝迷糊了，怔怔的，半天没有说话。

曹操突然发问道："玄德，你知道天上的龙是如何变化的吗？"

刘备说："备没有见过龙，不知道具体情形。龙大概也和世间万物一样，有大小变化。小的时候是小龙，大了以后就是大龙了。"

"哈哈哈！"曹操抚掌大笑，"没想到玄德你这样风趣！不过你说得也不错，龙确实能大能小，能露能隐。时局不利时，它还能躺在池中，假装是凡物；可一遇到合适的时机，它也能游龙入海，一飞冲天呢！依你看，这龙的变化，像不像英雄豪杰？微末时藏于草莽之间，腾空而起时天下皆惊。"

刘备听懂了曹操的言外之意，却不敢接话，只是歪着脑袋假装在倾听，一边听还一边附和道："丞相大人高见啊！"

曹操猛地把一杯酒灌入喉咙，长出一口气后，接着问："玄德，你常年在各地奔走，见多识广，不如来说一说，这当今世上，都有谁能够称得上是英雄？"

刘备心里一紧，面上却谦逊地一笑，说："备肉眼凡胎，哪里识得什么英雄？如今全仰仗着丞相的恩德，才能寻得一方安身立命的所在，哪里还敢妄自评论谁是英雄呢？"

曹操挥一挥衣袖说："你就别谦虚啦！你自黄巾起事到现在，见识过那么多风风雨雨，总不能连一个英雄的名字也说不上来吧？"

"淮南的袁术，割据一方，兵粮充足，可以称得上英雄。"

"他？一把老骨头，迟早要被我灭了。"

"河北的袁绍，帐下兵多将广，可称得上英雄？"

"一个见利忘义的小人罢了。他都对不起自己四世三公的出身，算什么英雄？不过是个草包！"

刘备的手心都汗湿了，他知道曹操这可能是在给他下套，只得跟曹操绕着圈子搪塞。他一口气列举出刘表、孙策、刘璋、张绣、张鲁、韩遂等数人，都是雄霸一方的人物，可曹操依旧不停地摇头，说："这些人哪里称得上英雄？不过是一群碌碌无为之辈罢了！"

刘备继续装糊涂，说："丞相大人，这些都是当世一等一的人物，在您眼中都不算英雄，那可就有些难为我了，我再也想不出一个人来了！"

曹操拊掌大笑，说："玄德啊，你这个家伙滑头得很，不肯说实话！"

刘备讪讪一笑，举起酒杯来自罚一杯酒，企图借喝酒来掩饰内心的慌乱。

曹操见刘备脸上露出怯懦之色，笑了一笑，继续说："所谓英雄，在我看来，要胸有大志，有吞并天地的野心，还要腹有良谋，有包藏宇宙的机变。"

"这样的人，世间有吗？"刘备继续装傻，手里拿起筷子来，准备吃点东西解解酒。

"当然有！"曹操抬起手，先是用手指了指刘备的心口，又指了指自己，"普天之下，能称得上英雄的，唯有玄德你和我两个人！"

"咔嚓！"刘备的心仿佛被重锤一击，手中的筷子不自觉地松开落地。正在这时，空中一声炸雷响起，与筷子落地声重合。

借助闪电的光亮，刘备瞥见了曹操扫过来的犀利目光。电光石火间，刘备灵机一动，

从容地弯腰捡起筷子,说:"我这个人从小就害怕打雷,刚才的一震之威,竟然将我吓成这个样子,真是让丞相大人见笑了!"

"哦?大丈夫还怕打雷?"曹操疑窦丛生。

刘备抬起袖子擦擦额头,又长长地舒了一口气,才开口说道:"圣贤之人听到剧烈的雷声也会脸色大变,我又怎么会不害怕呢?更何况,丞相大人,您有所不知啊!我小时候曾经被雷声吓昏过去,从此以后就落了个毛病。后来一到雷雨天,我就闭门不出,还让人把窗户关得紧紧的。"

曹操看着眼前刘备这副胆怯的样子,心头不由得泛起一股鄙视和厌恶,他心想:"荀彧总跟我说刘备是个野心家,怕是想不到他竟然会如此胆小吧!看来是我高估他了,这个人不足为惧!"

刘备捕捉到曹操眼中鄙视的神色,心里也暗暗叫道:"好险!好险!筷子落地这事总算被我糊弄过去了!"

两人又东拉西扯地喝了一会儿,眼看着雨就要停了,这场青梅宴也快要散了。

正在这时,园外传来一阵吵嚷声,两人抬眼望去,不一会儿就看见张飞和关羽手持宝剑大步流星地奔来。

张飞这个莽撞人,担心刘备有什么差池,头也不回地往前冲,根本不给关羽拉住他的机会。眼下看到自家大哥和曹操正对坐喝酒,不由得哑口无言,不知道如何应对了。

关羽倒是处变不惊,朗声对曹操说:"听说丞相邀请我家兄长饮酒,我兄弟二人特来为你们舞剑助兴。"

曹操半是玩笑半是认真地说:"怎么?你们还以为我今天摆的是鸿门宴吗?"

说完,他又转头吩咐手下:"快取酒来,给两位'樊哙'压压惊!"

"哈哈哈!"刘备只得立刻以大笑化解尴尬的气氛。

等到酒席散去,刘备软着腿脚迈出丞相府的大门后,才轻声对关羽、张飞说:"两位兄弟，哥哥今天九死一生，差一点就见不到你们了！"

张飞急问："哥哥怎么了？曹操可是对你做了什么？"

刘备将筷子掉落一事说与关、张二人听，然后长叹一口气说："我在家大张旗鼓地学种菜，就是想让曹操觉得我胸无大志，没想到适得其反，让他觉得我是英雄！唉，这一顿酒，各种揣测和试探啊！喝得我是提心吊胆！不行！看来我必须早做打算。待在曹操身边，和睡在老虎身边没什么区别。"

关、张二人连忙附和说："兄长高见！"

古人为什么要喝热酒

在本回中，曹操和刘备所饮的酒是"煮"热了之后喝的；在前面，我们也讲过关云长"温酒斩华雄"的故事。有的同学可能就会问：古人为什么要喝热酒？

有的同学可能读过唐代诗人白居易写的这首诗："绿蚁新醅酒，红泥小火炉，晚来天欲雪，能饮一杯无？"那么，古人喝热酒会是因为季节的原因吗？

其实不全是，有细心的同学可能已经通过阅读发现了，曹操和刘备"煮酒论英雄"的时候，正是青梅成熟的季节，也就是春末夏初，并不是寒冷的冬天，所以，喝热酒不全是季节原因造成的。

究其原因就要说到古人喝的酒了。首先，三国时期的酿酒工艺还比较粗浅，酒液中的甲醇、乙醇成分容易超标，人们喝到这样的酒很容易生病。但是加热至一定程度后，这些物质会挥发，喝加热的酒对人体更安全。

其次，古人喝的酒和我们现在以蒸馏法制作的酒不同，它是用麦、黍、稻等粮食蒸熟后拌入酒曲发酵而成的发酵酒。这种酒的酒精浓度不高，酒味也很淡，但酒液却比较浑浊，所以《三国演义》的开篇词中才说"一壶浊酒喜相逢"。经过加热之后，发酵酒的味道会变得醇厚，口感也更好。

最后，温酒或煮酒的行为中含有隆重的仪式感，是古人的雅事之一，曹操在邀请刘备喝酒时也说了要附庸风雅。

综合以上原因，慢慢就形成了喝热酒的习惯。

关云长赚城斩车胄

——休想算计我兄长

刘备好不容易从曹操的"鸿门宴"上全身而退，还没想好后面怎么另做打算时，忽然又被曹操请出来喝酒。这次酒宴上，刘备忽然听闻了一个坏消息——公孙瓒死了。

在与袁绍的交战中，公孙瓒的军马折损大半，处于不利地位。他本打算退守城中闭门不出，却被袁绍挖地道直通住处楼前，放了一把火，公孙瓒无路可逃，只得上吊自杀，而家人都被大火烧死了。

这个消息如同寒冬腊月里一桶冰水，把刘备浇了个透心凉。

公孙瓒是刘备的同窗，也是刘备走上英雄之路的"带头大哥"，忽然听闻这个消息，刘备免不了要黯然神伤一阵子。

曹操听到这个消息时，更多的是担忧。因为袁绍得了公孙瓒残部的势力后，声势更加壮大了。不仅如此，袁绍和袁术两兄弟还打算兵合一处，若是让袁绍再如虎添翼，恐怕以后更难对付了。

刘备看出了曹操的心事，忙上前主动请缨道："丞相大人，袁术若是去河北投奔袁绍，必定要路过徐州，我请求带一支人马前去拦击，必定把袁术绑来见您，如何？"

刘备倒不是真的想为曹操分忧，他此时正担心在曹操身边早晚会脑袋搬家，天上忽然就掉下来一个好机会，此时不走，更待何时？他明白，要想金蝉脱壳，先得骗过曹操。于是，刘备的演技再次上线，他满脸凝重的神色，端出一副为丞相分忧、为丞相扛事儿的使命感。

曹操经过"青梅煮酒论英雄"这一环节后，就把刘备排除在"对家"之外了，哪承想他还存了别的心思呢？所以，他很痛快地答应了刘备的请求，还交给他五万兵马。

刘备简直心花怒放，向汉献帝辞行后就连夜整顿军马，催促将士们动身。他这一路上都如同鱼儿入海、鸟上青天，恨不得能跑多快跑多快，再不受束缚了。

等曹操帐下的谋士郭嘉和程昱外出公干归来时，刘备已经出征好几天了。两人一听说曹操把刘备放走了，不约而同地叫苦："放虎归山，坏事啦！"

曹操经过他们一分析，也觉得将刘备放出去是后患，急忙命令许褚带着五百将士去将刘备追回来。

刘备这边带着大部队行军，自然不如许褚的速度快，很快就被许褚从后方追了上来。

可刘备丝毫不慌，他看到后方尘烟骤起，就命令手下就地安营，自己领着关、张二人到高处等待追兵的到来。

许褚来到近前，见到刘备的军容严整，对他略微有些好感。许褚刚表明来意，就被刘备一句话堵死了。

刘备说："许将军，将在外，君命有所不受。你既然说不明白丞相召我回去做什么，恕我难以从命，否则耽误了出征大事就不好了。况且我出征前已经禀告过陛下，丞相也同意了的。烦请你回个话，就说我着急赶路，回头我会亲自给丞相写一封书信致歉。"

许褚一想："确实是这么回事！丞相只让我将他带回去，并没有说有什么要紧的事，如今他不肯跟我回去，这可怎么办才好呢？他与丞相一向交好，我既不能将他绑回去，也不能动手杀了他。罢了，不如就先回去禀报丞相，请丞相定夺吧。"

要是换作旁人，断然不会被刘备这三言两语搪塞过去，可许褚是个实心眼啊！刘备

见他被自己忽悠住了，趁他还在犹豫间，就哈哈大笑着冲他一拱手，一脸坦荡地打马离开了。

许褚无奈，只得领兵回去复命，荀彧一听他没能成功将刘备带回来，就长叹一声，说："刘备不肯回来，由此可见他确实有二心了啊！"

曹操闻言，并未再派人去做什么，只是安慰自己说："罢了！刘备一个连打雷都会被吓掉筷子的人，也未必有与我作对的胆量。再说了，本相已经安排了朱灵、路昭两员大将与刘备同行，要是刘备有异动，我马上就能得到消息。"

程昱却并不看好朱灵、路昭二人，可他也不好明说，只能在心里暗道："这两个人，脑子加在一起，恐怕都比不上刘备的一星半点儿，又怎么能斗得过刘备呢？"

没有了曹操的阻拦，刘备一行人很快就到了徐州。州牧车胄亲自出城迎接，孙乾、糜竺等谋士也顺利与刘备会合。

刘备整顿好兵马后，就听说袁术即将到达徐州，他直接率领军队迎战，很快就在战场上将袁术打了个落花流水。

袁术一边大骂刘备是个卖草席的破落户，一边丢盔弃甲、狼狈逃窜。可他早就因为奢侈无度导致众叛亲离，中途又遇到匪盗袭击，粮草丢失，寸步难行，连逃回寿春去都做不到。最后，袁术走投无路，吐血而亡。

袁术死后，那块令他鬼迷心窍的传国玉玺，也被人偷偷送到许都，献给了曹操。

刘备听说袁术已死，就写了一封详述战况的奏报申奏朝廷，但他自己可不打算班师回去了。他召来朱灵、路昭两员大将，和颜悦色地说："大战告捷，两位将军辛苦了，烦请你们帮我将奏报带回许都，向丞相大人报喜吧！"

朱灵和路昭面面相觑，不懂刘备这是什么意思。朱灵赶紧开口发问："那兵马……"

刘备毫不迟疑地说："徐州乃兵家必争之地，五万兵马要跟我一起留下来镇守，等待丞相大人的进一步安排。眼下，快点把喜报呈给丞相、呈给天子才是最要紧的事，两位将军还是轻装简行吧！"

朱灵和路昭心中暗叫不好，但刘备的官职比他们高，话又说得冠冕堂皇，他们一时间找不出任何反驳的理由，只得硬着头皮告辞，回去向曹操复命。

曹操一听说刘备将五万军马都扣下了，自己也赖在徐州不肯回来，直接怒指朱、路二人破口大骂："你们就这样被他哄骗回来了？真是窝囊透顶！"

说着，就要命人把两位将军拖出去斩了，荀彧赶忙替他们求情，说："徐州眼下是刘备掌权，他们二人也是无可奈何，还请丞相大人息怒。好在，刘备那里咱们还有一枚棋子可以用。"

荀彧说的是徐州州牧车胄，一枚被曹操安置在徐州的"暗棋"。现在是时候启用了。曹操暗中派人去见车胄，让他找个机会将刘备暗杀，将刘备手中的兵权夺回来。

然而，车胄这枚棋子并不如曹操想象中的好用，他收到曹操的密旨之后，第一件事就是去找陈登商议。

陈登虽然早在吕布占据徐州时就向曹操献计除吕布，表面上是投靠了曹操，可背地里更认可的人却是刘备。

眼下见车胄十分真诚地问他如何才能除掉刘备，陈登心里如遭雷击，面上却不动声色，思考了一会儿后，说："我倒是有一计。如今刘备已经出城去安抚周边的百姓，等他返回的那天，您可以亲自到瓮城，假装是在迎接他。等他到了眼前，让埋伏在瓮城边的士兵蜂拥而出，一刀斩杀了他不就完事了。"

车胄吃了一惊，问："他那二弟和三弟与他寸步不离，我去迎接刘备，不是等于送死吗？"

陈登低声安慰说："大人放心，您只需要将刘备诱到城下就可以找个机会脱身，我会在城头安排弓箭手接应您。他们兄弟三人再厉害，也是肉做的身子，我就不信他们还

能敌得过万箭齐发！"

车胄不由自主地笑出声，跷起大拇指称赞道："好主意，还是你高明啊！刘备这次插翅也难飞了！"

可车胄并不知道，陈登前脚跟他"密谋"完，后脚就快马加鞭地跑去向刘备报信。路上正好遇到了先行一步回城的关羽和张飞。

陈登气喘吁吁地扬手大叫："二将军、三将军，遇到你们实在是太好了！玄德公在哪里？车胄接到曹操的密令要谋害他！"

关羽忙说："元龙别急，我兄长在城外，还没有回来。"

张飞一听有人要害自家兄长，立刻豹眼圆睁，大叫："这狗贼，我要去杀了他！"

陈登急道："三将军，这件事还需要从长计议，绝不能鲁莽！"

关羽也制止了张飞的行动，细细地询问陈登城内的情况，陈登就把曹操来信、车胄定计的事一五一十地全说了。关羽听完后抚须微笑，说："我们不如将计就计。咱们的部将本来就有曹操的旗号，衣甲也都是一样的，可以直接伪装成曹操派来的援军，到徐州城下去将车胄诱出城，乘机斩杀……"

听关羽说完，就连张飞都忍不住拍掌狂笑，说："二哥，你这办法可太绝了，车胄这个老匹夫绝对防不胜防！"

关羽又低声和陈登交代了几句，这才放陈登先行回城，免得车胄生疑。

当天夜里三更时分，关羽和张飞带着一队人马，全都换上了曹操军队的衣服，打起曹军的旗号，悄悄地摸到了徐州城下。张飞轻喝一声，士兵们便齐声大叫："快开城门！快开城门！"

城头的将士听见喊声，忙问："你们是谁的部下？为什么半夜三更过来？"

关羽压住嗓音回答说："快去通知州牧大人，就说我们是张辽张文远将军的部下，奉丞相之命前来援助。"

城头的将士不敢耽搁，立刻去请车胄。车胄犹豫不定，叫来陈登商议："他们真的是丞相大人派来的吗？我若是现在去迎接，又害怕其中有诈；若是不去迎接，万一他们嫌我怠慢了，回头参我一本，丞相大人也要猜疑我，这可如何是好？"

陈登见状，连忙提议说："大人不如先去城头看一看，见机行事。"

车胄带着陈登来到城头，试探着说："现在黑灯瞎火的，难以分辨，不如等天亮了再相见？"

城下传来拒绝的回答："等什么等？万一叫刘备知道了就不好了，快快开城门！"

车胄继续试探说："你们真是丞相大人派来的？"

关羽将身子隐在暗处，瓮声瓮气地回答说："自然。丞相大人担心你杀不了刘备，特派我等前来协助。"

车胄听他这么说，稍稍安心了一些："他既然知道丞相要杀刘备的内情，应该不会有假……"

陈登也乘机进言说："丞相大人的绝密书信，内容只有你我知道，来人竟然也知道，肯定就是丞相大人派来的，大人还是出城迎接一下吧。他们叫门这样着急，回头怠慢了，对大人也不好。"

车胄听陈登也这么说，便命人放下吊桥，自己披挂整齐后，领着一队人马出城迎接。

过了吊桥之后，他冲着不远处影影绰绰的人马叫道："文远将军来了吗？"

听到车胄的声音近了，城下才亮起了几簇火把，关羽从暗处拍马而出，手里提着的青龙偃月刀在火光的映照下闪烁着骇人的冷光。

"车胄，你活得不耐烦了！竟敢算计我兄长！"

车胄听出是关羽的声音，顿时吓得面无人色，惊叫出声："怎么是你？"

关羽冷笑一声，说："正是你关二爷，来送你归西。"说完，舞起青龙偃月刀，朝着车胄砍去。

车胄连忙举起武器招架，一道道寒光闪过，车胄只觉得自己的脖颈"嗖嗖"直冒冷气。他自然听说过关云长温酒斩华雄的厉害，自己这三两下，哪里敌得过关云长？眼见抵挡不住，他干脆拨转马头就往城里跑，一边跑，一边冲着城头大喊："关羽来了，快救我！快救我！"

留在城头上的陈登，已经悄悄将自己的人马安排到了近处，此时一听时机已到，立刻下令朝车胄放箭。

一时之间，箭雨如蝗虫一般飞下来，车胄根本无法靠近城门，只得绕着城墙逃走。

关羽很快就从背后追赶上来，抬手一刀，就将车胄砍落下马。

关羽拾起车胄的脑袋，提在半空中，朝城上的人喊道："众将士听着，反贼车胄已经被我砍杀，你们速速投降，就可免于一死！"

徐州城头的其他将士们一听说车胄已死，又听到"反贼"两个字，吓得纷纷丢下武器投降。

等到刘备从城外回来时，徐州的乱局早已被关羽平定，关羽索性带着车胄的人头去城外迎接兄长。刘备看了大吃一惊，问："怎么将车胄杀了？"

关羽连忙将车胄要谋害他的事说了，还说："兄长，这车胄是曹操的心腹，当时情况紧急，如果不杀车胄，他恐怕就要害你……"

话音未落，就看见张飞骑着马从远处奔来，边跑边喊："大哥、二哥，我把车胄全家都杀了！"

刘备皱起眉头说："三弟，你如此赶尽杀绝，未免不够仁义……"

张飞也不辩解，大大咧咧地说："我张飞是个粗人，不懂什么仁义不仁义的，我只知道，谁要害哥哥，我就一定要让他尝尝我丈八蛇矛的厉害！"

刘备见他如此维护自己，也不好再责怪他，只是担忧地说："就这么杀了曹操的心腹，他如何能善罢甘休，万一他兴兵来犯，我们能挡得住吗？"

关羽拍拍胸膛安慰说:"兄长别担心,我与三弟前去迎战。"

陈登这时也开口说道:"三位将军别愁,我有一计,可退曹操。"

三人转头看向陈登,陈登继续开口说:"玄德公早晚都是要跟曹操翻脸的,现在也没什么好惧怕的。曹操现在最畏惧的人是袁绍,您不如写封信派人去袁绍那里求救,既可以让袁绍替咱们挡挡枪,又可以先隐藏咱们的锋芒,不成为众矢之的。"

刘备愕然,问:"袁绍?这能行吗?我向来和袁绍没有来往,前不久又攻破了袁术……"

陈登笑一笑,说:"这您倒是不用担心,袁术和袁绍又不是一个娘胎里出来的,也没有那么亲厚。我这里有一个人,与袁绍一家三代都是通家之好,有他从中说和,袁绍必会前来相助。"

于是,在陈登的安排下,刘备与袁绍取得了联系。袁绍是个很实际的人,在亲情和利益面前,他毫不犹豫地选择了后者,与刘备结成了共同抗曹的联盟。

什么是瓮城

在本回中，车胄原本打算在瓮城设下埋伏干掉刘备，那有人可能就会问：什么是瓮城呢？

咱们先来说一说什么是瓮吧。在原始社会时期，我们的祖先就会用陶土制造容器，一种口小、肚子大的陶器就叫作瓮，通常用来盛放粮食、水、酒等。

瓮城就是在城门之外（也有少数是修建在城门内侧的），再修造一层城墙，一般是半圆形的，与城门所在城墙一起形成一个类似"瓮"的形状。瓮城也被叫作月城或曲池。也有修筑成方形的，叫作方城，功能与瓮城差不多。

瓮城的墙体与主城墙内部相连通，守城的士兵可以通过连接处的小门，在内部来回穿梭。假如有敌人来犯时，守城的士兵就可以等先头部队进入瓮城后，把主城门和瓮城的城门同时关闭，"关门打狗，瓮中捉鳖"。

宋代时，开始在都城外修建瓮城，并形成了一种固定的制度，即在重要城市的城门外三十步要修瓮城，屏卫城门。

目前保存最完好、结构最复杂、规模最大的瓮城，就是南京明城墙上的瓮城——中华门瓮城，有"天下第一瓮城"之称。中华门建有内瓮城三座，呈"目"字形结构，内部可以藏兵三千人，真正称得上"易守难攻"。

狂祢衡脱衣击鼓

——惹怒曹操没有好下场

袁绍与刘备结盟后,很快就打着"剿灭曹贼,匡扶汉室"的名义兴兵讨伐。

曹操知道以后,气得头风病更加严重了,当即派刘岱和王忠领着五万兵马去攻打刘备,自己则率领二十万大军去迎战袁绍。

刘、王二将自然不是刘备的对手,曹操也不指望他们能一举打败刘备,只安排他们打着"曹丞相"的旗号,拖住刘备的脚步,只要等自己打败了袁绍,再去收拾刘备就不是什么难事了。所以,刘岱和王忠出发前,曹操反复叮嘱他们不可以轻举妄动,虚张声势就行了。

刘备很快就看穿了曹操的诡计,派出关羽和张飞主动出击,很快活捉了刘、王二将。

但刘备并没有将刘岱和王忠怎么样,不仅设宴款待了他们,还将俘虏的军马悉数奉还,让他们回去找曹操复命,只求他们能在曹操面前为自己好言辩解。

刘、王二将感动得无以复加,见到曹操后,争先恐后地诉说着刘备没有背叛,曹操更加愤怒了,直言要杀了刘、王二将。幸亏有孔融力保,两人才留下命来。

曹操气不过,又想亲自带兵前去讨伐刘备,但很快被孔融阻止了。孔融说:"现在数九隆冬,出兵有诸多不便,丞相大人不如等到春暖花开再出征。"

曹操沉吟半晌,喃喃道:"假如此时袁绍联合荆州的刘表、穰城的张绣,与刘备守望相助，共同对抗我，又该如何是好？"

孔融说："那就抢在他们之前，先去招安刘表和张绣！"

曹操点头同意了。不承想，曹操派来说服张绣的人还没将事情谈妥，就听见士兵来报，说袁绍也派人来拉拢张绣。

幸好张绣身边的谋士贾诩更倾向于曹操，三言两语便赶走了袁绍的使臣，力劝张绣投靠曹操。

张绣心虚得很，毕竟在宛城之战中，曹操的长子曹昂、侄子曹安民和爱将典韦都死在他手中，曹操真的能不计前嫌，放下这份旧怨吗？他去了许都，真的不会被曹操撕碎了喂鹰吗？

贾诩微微一笑，说："将军放心，我了解曹操的为人，他急于向天下展示自己的宽仁之心，必然不会为难将军。"

事实证明，曹操确实是个有大局观念的人。张绣带着部下归降时，跪在台阶下向曹操请罪，曹操亲自上前将他扶起，又拉着张绣的手，笑着说："小小过失，不必放在心上。"

不仅如此，曹操还请旨将张绣封为扬武将军，将贾诩封为执金吾使。

张绣惊喜之余，又有一丝恐惧从头顶蔓延至全身，跟着这样一个什么都能割舍的人，自己将来会有好结局吗？

曹操可不管张绣怎么想，招安了张绣之后，接下来就该刘表了。贾诩向曹操献策说："刘表喜欢结识名流人士，丞相可以派一个文采出名的人去劝他归顺。"

曹操兴致勃勃地问谋士们有没有好的人选推荐，荀攸出来推荐了孔融，孔融转而推荐了自己的好友祢衡，并直言："祢衡的文采比我强十倍。"

曹操听了之后，对祢衡充满期待。等真正见到祢衡后，曹操才觉得自己低估了祢衡——有没有文采暂时还不清楚，但单就狂傲这方面而言，祢衡简直天下无敌了。

这祢衡，面见曹操的时候不修边幅就算了，行礼之后见曹操不让他坐下，就开始阴阳怪气、口出狂言："可惜这广阔天地，竟无一能人！"

曹操不满地冷哼一声，问："你为何说天下无人？我帐下文有荀彧、荀攸、郭嘉、程昱，武有张辽、许褚、李典、乐进、徐晃、夏侯惇，这些都是当世英雄，难道你都视而不见吗？"

祢衡仰天长笑，洪亮的笑声在大厅里震荡不绝。笑罢，他才乜斜着眼说："这些人？酒囊饭袋罢了，算什么英雄人物？也只有丞相大人才会把他们视若珍宝。"

见祢衡将自己手下的能臣良将贬得一文不值，曹操气得额头青筋直跳，他问："你的意思是说他们都不如你才高喽？你又有什么才能，敢说这种大话？"

祢衡大言不惭地说："我有经天纬地之才，纵横八荒之能！岂是他们这些凡夫俗子可比的？"

被祢衡贬低的这些曹操麾下的文臣武将，此时只有张辽守在一边，已经被祢衡的狂言气到"一佛出世，二佛升天"，恨不得拔剑当场斩杀了祢衡。

可曹操却用眼神制止了张辽，转而冷笑着对祢衡说："哈哈！我正好缺个伴宴的击鼓手，既然先生这么有才华，不知你可当得？"

曹操这招就叫作"杀人诛心"，像祢衡这样恃才傲物的狂人，曹操却偏偏让他去做一个伶人一般的击鼓手，这样的羞辱任谁也无法忍受。

但曹操再一次低估了祢衡，他哈哈大笑着接受了。

这情形就好比，曹操向祢衡使出了一波绝招，祢衡却云淡风轻地受了，这难免让曹操怀疑自己的绝招是不是杀伤力不够。不过，祢衡这个狂小子，很快就给了曹操一个大惊喜——

第二天，曹操在丞相府举行了一场盛大的宴会，邀请文武百官都来参加，新鲜出炉的击鼓手祢衡也被叫来当庭击鼓助兴。

以前的击鼓手还特意叮嘱他："你记得换一身新衣服再去。"

祢衡仿佛没听见，穿着一身旧衣服，带着满脸的傲慢和不屑就去了。迎着众人惊异的目光,他昂首挺胸、大步流星地走到厅堂正中央的大鼓旁,拿起鼓槌二话不说先敲了一曲《渔阳三挝》。

众人原本还存了看笑话的心思,谁料这祢衡确实有点本事,铿锵的鼓乐中含有悲愤之声,狠狠牵动着在场众人的心,很多人听着听着竟不自觉地落下泪来,一曲终了还不停歇。

曹操顿时气不打一处来,一个眼神扫过去,左右两旁的侍者就有人站出来厉声呵斥祢衡:"击鼓之人要换新衣服,你为什么不换?"

祢衡也不搭话,就站在鼓旁"呼啦"一声扯开衣襟,大刺刺地甩掉上衣;然后又一把扯散腰带,把裤子也脱了;接着把鞋袜也扒了个干净。

厅堂上的文武百官见祢衡不一会儿就将自己扒得一丝不挂,偏他自己还大大咧咧地站在原地,脸上依旧带着豪放不羁的笑容,纷纷羞愤地用袖子挡住了眼睛。曹操也气得一拍桌子,扭过脸去不看祢衡。

"快穿上,快穿上!""哎呀,有辱斯文,有辱斯文啊!你怎么能这样呢?"伴随着一阵慌乱的叫声,祢衡徐徐穿上了裤子,狂笑着骂他们:"你们这些假正经!伪君子!"

曹操怒道:"祢衡,你简直太无礼了!光天化日之下公然裸体,你把你父母的脸都丢尽了!"

祢衡从容不迫地辩驳说:"欺君罔上才是无礼。我不过是显露父母赐予我的清白之躯,有什么无礼的?"

曹操被气笑了,问他:"你说你是清白的,谁人又是污浊的?"

祢衡捡起鼓槌,一边敲击一边骂:"你不辨贤愚是眼浊;不读诗书是口浊;不听忠言是耳浊;不通古今是身浊;不容诸侯是腹浊;胸怀篡逆是心浊!我乃天下名士,却被你当成击鼓小吏,这和阳虎轻视孔子、臧仓诋毁孟子有什么区别?你想要成就王霸之业,却如此轻视人才,可算不得什么英雄!"

祢衡话音一落,厅堂上顿时陷入了死一般的寂静。文武百官都不约而同地眼观鼻、

121

鼻观口、口观心，没有一个人敢轻举妄动，更无人敢抬头看一看曹操的脸色。

曹操被骂得一颗心突突狂跳，脑袋里也好像有一面鼓在不断地敲击着他的神经。他恨不得立刻将祢衡碎尸万段，可当着众人的面，他又不得不维持住自己的假面，不好真的将祢衡怎么样——他办事向来要师出有名，祢衡当众脱衣、骂人，顶多算道德问题，还上升不到砍头的程度。这个杀人的理由不够充分啊！

想到这里，曹操咬紧了后槽牙才调整好自己的表情，他忽然大笑出声，说："祢衡不愧是天下名士，这股子风流气派，着实令本相欣赏！"

祢衡的好友孔融当时也在席上，听出曹操话语中的寒意，生怕曹操气极了杀人，连忙插话道："丞相大人，祢衡出言无状，死不足惜！但他这人还有点名气，不值得您杀他坏了您的名声，让远近的人误以为您不能容人……"

曹操瞥了孔融一眼，看破不说破，只是一脸温和地说："文举放心，我自然不会杀祢衡。我打算委派祢衡为使者，去荆州说服刘表。此事文举怎么看？"

反正祢衡不得不死，我自己不能杀，那就借别人的刀！

孔融被曹操警示的眼神吓得一怔，只得闭嘴不再多言。

曹操再次看向祢衡，假装和善地说："先生此去如果能够成事，本相会向陛下举荐，让你平步青云做公卿。"

祢衡才不打算让曹操称心如意，他大笑着拒绝说："不义而富且贵，于我如浮云！我才不会做你的棋子呢！"

"那可由不得你！你不去也得去！"曹操冷笑一声，吩咐人准备三匹快马，由两人挟持着祢衡一路出城。

祢衡原本面色平静，到了城外，看到曹操特意安排在这里等着为他送行的文武百官，又动了搞事情的心思。

众人虽说是来为祢衡送行，祢衡到了却无一人起身相迎，主打的就是一个视而不见。

祢衡也不在乎众人轻视的态度，下马走到众人中间，忽然就开始放声痛哭，直哭得天昏地暗，人人心惊。荀彧忍不住问道："你……你哭什么？"

祢衡擦干眼泪，一脸平静地问："我还以为我是走在一排排棺材中间呢，难道不应该大哭吗？"

文武百官齐声怒骂："我们不会变成死鬼，倒是你，马上就要变成一个无头狂鬼了！"

祢衡哈哈大笑着回骂："我又不做曹阿瞒的党羽，怎么会变成无头鬼呢？反倒是你们这群酒囊饭袋，拿着汉家天子的俸禄，却甘愿做曹阿瞒的走狗！一群无耻之徒！"

文武百官气得想要杀了祢衡，都被荀彧拦住了，众人骂又骂不过祢衡，只得悻悻而散。

却说祢衡被曹操吩咐的人挟持着来到荆州，面见刘表。

刘表原本最钦佩风流名士，也早就听说过祢衡的大名，有意结交于他，但见面之后却被祢衡的言行唬得一愣一愣的。

祢衡表面上是在歌功颂德，话里话外却都在讥讽刘表。

刘表手下的谋士看出了其中的端倪，悄悄对刘表说："主公，曹孟德将祢衡送过来，怕不是想借您的手来杀祢衡呢！您可千万不能上当啊！"

刘表听他这么说，不想上当，却也不愿意得罪曹操，便假意让祢衡去拜见江夏太守黄祖，眼不见为净。

刘表刚将祢衡打发出去，袁绍派来拉拢他的使者也到了，刘表召集众谋士商议对策，从事中郎将韩嵩认为："眼下曹操势强，用不了多久就能消灭袁绍，将军不如献出荆州依附曹操，必然能得到厚待。"

刘表虽然知道他说得有道理，但若是有可能，他并不想屈居在他人之下。思索再三后，他决定先派韩嵩去许都打听打听情况，再见机行事。

韩嵩去了一趟许都后，领了曹操封的官职，又回到荆州来劝刘表归顺，还让刘表把儿子送到许都去入朝侍奉，以示诚意。

刘表气得够呛，正闹腾时，就听见有人来报，说祢衡已经被黄祖杀了。

原来，祢衡到达江夏后，黄祖起初待他还算不错，设宴请他喝酒。酒过三巡之后，两人都有些微醺，黄祖便借着几分醉意，问祢衡："你从许都来，应该见识过不少人物了，都有谁能称得上是英才呢？"

祢衡拈着酒杯，毫不迟疑地回答说："哪有多少人物？只有两个人勉强算得上是饱学之士：一个是孔融，一个是杨修。其余人，不过是行尸走肉罢了！"

黄祖见祢衡满眼恃才傲物，心头不免产生一丝好奇，顺口问道："那在你眼中，我算不算得上是个人物呢？"

祢衡闻言，抬手指着黄祖纵声大笑，说："你？不过是庙里的泥菩萨罢了，别人都以为你灵验，其实你毫无神通！我说得对吗？哈哈哈哈！"

黄祖气得一把掀翻了酒桌，拔出架子上的宝剑，说："岂有此理！我好好招待你，你竟然敢如此辱我！"

直到冰冷的剑锋刺入他的身体，祢衡依旧大骂不止："无知小儿！酒囊饭袋……"

刘表听士兵讲述完其中缘由后，长长地叹了一口气，派人将祢衡安葬在鹦鹉洲边上。

祢衡的死讯传到许都曹操的耳朵里，曹操也长长地吐了一口气，笑着说："祢衡这个家伙，终于死了！"

还没高兴多久，曹操突然感到一阵头晕目眩，紧接着就是剧烈的头痛……不好，老毛病再次发作了。

"哎哟，疼死我了！"曹操抱着脑袋呻吟不止，五官都疼得扭曲变形了。他的贴身侍从吓得声音都变了，连声高喊："大人的头风病又犯了！快！快去请太医！请吉平太医！"

吉平是谁呢？他是宫中的太医令，医术高超，经常出入王公贵族家中医治疑难病症。

"不可！"荀彧急速推门入内，轻声对曹操说，"丞相大人，万万不可再用吉平了！"

"吉平怎么了？"曹操忍着剧痛询问道。

"我刚刚得到密报，说吉平与董承等人密谋，要对丞相行不轨之事。"

原来，吉平在为董承看病时，被董承拉拢，看到了汉献帝写的衣带血诏，当下就同意加入董承，一起想办法除掉曹操。奈何他们密谋时，被董承府上的一个家奴撞见了，董承害怕事情暴露，狠狠地惩罚了这个家奴，家奴怀恨在心，连夜逃到丞相府告密，还把参与密谋的几人全都抖搂出来。

曹操听完这话，头更疼了。忍过这波头疼发作后，他从榻上坐起，恨恨地说："好啊！一个一个的，都想谋害老夫！老夫就给你个机会！"说着，他将荀彧招到近前，在他耳边悄悄吩咐了几句。

第二天，就有人去请吉平入丞相府，为头风病发作的曹操用药。

吉平自从与董承密谋之后，日夜都盼着曹操头疼发作，他好趁机在药中下毒。眼下终于等到了这一天，他心里都要高兴坏了。

吉平面色如常地坐上车，来到丞相府，为曹操把了脉，开了药方。

侍从刚要上前拿走药方去煎药，吉平却阻止了他，说："药方中有一味特殊的药材，需要我亲自熬制。"

侍从迟疑间，躺在榻上假装头风病发作的曹操发话了："就听吉太医的，你去将药罐取来，让吉太医就在这里熬药吧。"

侍从很快就将药炉、药罐全都端了上来，吉平冷静地坐在一旁，轻摇小扇，慢慢熬药。等药材熬得差不多了，吉平悄悄从怀里掏出一个药包，准备倒入熬煮的药罐中。

曹操一边时不时"哎哟哎哟"地叫唤两声，一边用余光关注着吉平的动作。此时看到吉平不太自然的动作，他忽然出声问道："吉太医，你怎么少了一根手指？"

吉平身子微微一抖，强装镇定地将药包倒入药罐后，才回答说："我前几天铡草药的时候不小心切断了。"

董承的家奴明明就交代了，这是吉平在向董承发誓时，为表决心自己咬断的。曹操心里冷笑不已，语气里却不显，只是貌似关心地说："太医还是要小心为好。"

很快，药就熬好了。一碗浓黑如酱油的药汁，被吉平端着送到了曹操面前，曹操心里知道这药里被下了毒，故意拖延着不喝。

吉平心里开始打鼓，忍不住催促道："丞相大人，您还是趁热喝了吧，稍微流汗才能药到病除。"

"是吗？我听说，有人帮忙尝药，病人才能更快地痊愈。不如就请吉太医帮我尝尝药吧。"曹操说着，就从榻上坐直了身子，将药碗递了过去。

吉平看着曹操意味深长的眼光，哪还有不明白的。既然事情已经泄露了，他干脆一不做二不休，一个箭步扑上前去，一手扯住曹操的耳朵，一手控制住药碗，准备强行灌下。

曹操根本没病，一使劲就挣脱了，一把将吉平推倒在地，那药碗也"当"的一声摔得粉碎。

安排在左右的人赶紧冲出来将吉平擒住，曹操指着吉平的鼻子审问道："你个贼子！快说，是谁指使你来害我的？"

吉平见计划失败，倒也不挣扎了，毫无惧色地从容回答道："没有人指使。你个欺君罔上的国贼，天下人都想杀了你，我还用人指使吗？"

曹操气急，命人严刑拷问吉平，可吉平都被打得皮开肉绽了，还是咬死了不松口。

曹操见他这么嘴硬，干脆不审他了，第二天在自家摆酒设宴，将几个参与密谋的人都邀请过来，准备当面对证看看会不会有收获。其他人都来了，只有董承防备心最重，称病不肯赴宴。

曹操在酒宴上没有收获，干脆将来赴宴的几个密谋参与者都抓了起来，又以探病为由，带着众人浩浩荡荡地去董承家。

董承只得出门来迎，曹操却不打算进门，直接命人将戴着枷锁、遍体鳞伤的吉平推

到台阶下，笑眯眯地问董承："国舅，你认得他吗？"

董承强忍心头的惊惧，假装毫不知情地问："这不是吉平吗？他怎么变成这样了？"

曹操冷笑着说："国舅不知道吗？这人与他人合谋给我下毒，已经招出了王子服等四人，都被我关在了廷尉府，还有一人没被抓获，国舅给我出出主意，该怎么办才好呢？"

董承心如刀割，却不敢接话。

吉平见状，破口大骂："曹操逆贼，下毒是我自己的主意，你别想妄图借机铲除异己！"左右的士兵见他还敢逞强嘴硬，上去就是一阵毒打，打得吉平身上没有一块好皮，打得董承不忍直视，心如刀割。

曹操将一切都收入眼底，笑着对吉平说："吉太医，我听说你咬指发誓，既然你自己都不珍惜，那就将剩下的九根也一起截了吧。"

断指之痛让吉平疼到浑身颤抖，却还是不停地怒骂："断指何惧？我还有舌头在，照样可以骂你这国贼！"

"那就把你的舌头割去好了，省得啰唆！"

看着士兵要听令对自己动手，吉平眼珠一转，改口道："且慢！事到如今，我受不住了，还是招了吧！丞相大人让人给我松绑吧，我好站起来回话。"

曹操大喜，连忙命人给他松绑，去掉枷锁。谁知这吉平摆脱束缚后，朝着皇宫的方向直直跪了下去，高喊出声："臣未能为国家除掉国贼，愿以死谢罪！"

喊完，他使出浑身力气冲向台阶，当场撞阶而亡。

曹操见吉平自杀，死无对证，又让人领来了其他人证。

董承就像是一只被冻僵的鸟儿，一点也动不了，只能眼睁睁地看着曹操命人从他的房中搜出汉献帝写的血诏，顿时一口鲜血狂喷而出。

整个世界随之变得一片血红。

趣味走取链接：刘伶醉酒

在本回中，我们认识了一位狂放不羁的祢衡，他脱衣击鼓的行为即便在今天看来也是惊世骇俗之举。大家可能会疑惑：古人不都很守礼吗？为什么祢衡敢如此挑战底线？

其实，如果我们把视线投向真正的历史中仔细找一找，就会发现像祢衡这样举止癫狂的文人其实并不鲜见。

魏晋时期，也有一位喜欢裸奔的名士——他就是"竹林七贤"之一的刘伶，他嗜酒如命，整日里驾着一辆载有美酒的鹿车，毫无目的地四处游荡，边走边饮，还和跟着自己的小童说："你记得要带上一把锄头，我要是醉死在路上，你就地挖个坑把我埋了就行了。"

除了肆意喝酒，刘伶的行为还很任性放荡，喝醉了就喜欢脱光衣服赤身裸体待在屋子里。有人看见了责备他，刘伶就辩解说："我把天地当作我的房子，把屋子当作我的衣裳，你没事跑到我的衣服里来，怎么反倒骂我无礼呢？"

后来有两个官员奉命来征召他做官，刘伶懒得应付，就脱光了衣服在村口裸奔，官员认为他就是个酒疯子，直接扭头回去了。

刘伶也不是一直这么消极避世的，他年少时也曾出仕做过官，但未能实现理想，还被罢了官，后来才放浪形骸借及时行乐来排解内心的忧愁。

魏晋时期有很多刘伶这样离经叛道、不守常规的名士，根本原因在于当时军阀混战，社会动荡不安，礼崩乐坏，让人极度失望。文人雅士在现实世界得不到满足，转而追求精神世界的自由，祢衡亦是如此。